居酒屋若さま 裁いて候

◆

聖　龍人

コスミック・時代文庫

この作品はコスミック文庫のために書下ろされました。

目次

第一話　はぐれ者集合

一

「殺してください」

奥州陸奥国。伊達《だて》領三滝《みたき》一万石、三滝宗久《むねひさ》の奥方、お田鶴《たづ》の方《かた》は、その切れ長の目を夫に向けている。

三滝家は伊達氏の血を引く一門ではあるが、末席もさらに末席、したがって、大名ではあるが、城持ち大名ではない。陣屋《じんや》大名である。

伊達領の北に位置して、栗駒山《くりこまやま》に囲まれた狭隘《きょうあい》な場に領地がある。その昔、伊達の殿さまが付近を訪れたときに、大中小、並ぶように流れる三つの滝を見て三滝という名前がついたという言い伝えがあった。

ここは、江戸、道灌山《どうかんやま》の麓《ふもと》にある上屋敷である。宗久とお田鶴のふたりは、いま、中庭、ひょうたん池の前にある平坦な場所で、野点《のだて》が終わったところであった。

茶道具はそのままに、お田鶴の方は宗久ににじり寄りながら、さきほどの台詞《せりふ》を吐きだしたのである。

夫の宗久は、その刃物のような視線をじっと見つめながら、かすかにたじろぎつつ答えた。

「殺してしまえというのか」

「さすがにご自分のお子の命を取るなど、できませんか」

宗久は一度目をつぶり、開くと同時にお田鶴の方の手を取った。出羽国佐竹《さたけ》家から嫁いできた姫である。

「なんとか、おまえが気に入るような方法を考えだしてみたい」

「そうお願いしたいものです」

お田鶴の方は、そっと手を離した。

「とはいえ、一太郎《いちたろう》を跡継ぎとして推す者は、数多い」

「殿さまは、私との間にできた仁丸《じんまる》が可愛くはないのですか。私が嫁いできてから五年。ようやくできた男子ですよ」

「もちろん、いちばん可愛いに決まっておる」

「一太郎さまの御母上は、町民とお聞きしてます。そんな身分卑《いや》しき人の子が、どうして跡継ぎになるのです」

佐竹家は、新羅三郎義光《しんらさぶろうよしみつ》の後裔《こうえい》である。名門の末裔である自分の子が、町民の娘が生んだ子どもの後塵《こうじん》を排《はい》するのかといいたいのだろう。

「いままでは、しかたがなかったではないか」

「……それは、私のせいと」

「そんなことはいうてはおらぬ。男子は一太郎だけであった、というておるのだ」

「でも、いまは仁丸がいます」

「まだ、三歳になったばかりではないか」

「殿さまは、仁丸が嫡子にはふさわしくはないと」

「まだ、若すぎるというておる」

ひゅうと強い風が、ふたりの間を通りすぎた。お田鶴の方は顔をしかめる。

「殿さまも風も、私をお嫌いのようです」

「そんなことはない。わしはこの世でいちばん、おまえが大事だと思っておる」

「ならば、仁丸はどうなのです」

「もちろん、同じだ」

「……信じられません」

「いかがしたら、信じてもらえるのだ……殺すのはなしだ」

「それは、殿さまがお考えください。私は、力なき母親です」

触れたらばっさりと切られてしまうのではないか、と思わせるようなお田鶴の方の視線である。

「……わかった。なんとかしよう」

「信じてよろしいのでしょうか」

「しばし待つのだな」

「いい報せがあると嬉しいのですがねぇ」

お田鶴の方は、離した宗久の手を握《にぎ》り、力を入れた。その手は、じんわりと湿《しめ》っていた。


その翌日、午の後刻、根岸にある三滝家下屋敷――。

若さま、と呼ぶ声に、一太郎は見台《けんだい》から顔をあげた。入れと応じると、障子《しょうじ》が開いて、若い家臣が入ってきた。

名を倉田文太郎《くらたぶんたろう》という。宗久の側近である。

書物を閉じてから、一太郎は文太郎に目を向けた。

「鼻に汗をかいておるぞ」

「……は、急いでまいりましたので」

「どんな急ぎごとであるか」

「殿さまが、一《いち》の滝《たき》前でお待ちしております」

「滝行をしているわけではあるまいな」

「いえ、そうではありません。なにやら大事なお話があるとか」

「……なるほど」

「なにがなるほどなのですか」

「そろそろ来るころだと思っていたからな」

「それは、殿さまがお呼びになった理由を、ご存じということですか」

「想像がつく、という意味である」

「ははぁ」

「なんだ、その顔は」

文太郎は、呆《ほう》けた表情をしている。

「私は想像がつきません、という意味です」

「おまえには、かかわりがないからであろう」

「では、若さまにはかかわりがあると」

「一の滝だな」

立ちあがった一太郎に、はい、と文太郎はうなずき、お供いたします、と腰をあげる。

「ですが、かならず連れてこいとの仰せございました」

「ひとりでよい」

「心配するな、逃げたりはせぬ」

一太郎は、それでもついてこようとする文太郎を制して、屋敷から出ると、裏道にまわる。眼の前には、里山ふうの丘に囲まれ、曲がりくねったせまい道が見えている。左右は樹木に覆《おお》われ、人がひとり歩ける程度の道である。

国元の里山を江戸でも見ていたい、という宗久の願いで、国元そっくりの築山《つきやま》が作られているのである。

「気持ちのいい風だ」

ひとりごちながら、一太郎は歩く。

ひと曲がり、ふた曲がり、三曲がりしたあたりから、左右の樹木はさらに大きくなった。昼だというのに、薄暗い。風もかすかに冷たくなった。

さらに進むと、水が落ちる音が聞こえてきた。

いままでとは異なり、わずかに広くなった道が、左側に向かってさがっていく。その先に滝壺が見えていた。幅は五間ほどあろうか水の幕が見えている。滝壺の前は、水場になっていた。五坪ほどの透き通った水たまりに、同じ大きさを持つ平坦な石ころが並べられている。

一太郎が子どものころは、ときどき、水遊びをした場所だった。

しかし、いまはその石もひっくり返って、およそ水遊びなどできそうになかった。修復をしようとする者もいない。藩としても、修復に金銭を使えるほど余裕はない。

一段さがった場に向けて足を進めると、右隣に三坪程度の道具小屋が建っている。

「父上……」

小屋の前で、父の宗久は床几《しょうぎ》に座っていた。

「文太郎はいかがした」

「置いてきました。お叱りにはならぬようお願いします。私がついてくるなと命じたのです」

「そうか」

「なにか大事な用事があるとか」

「国元の滝は、伊達の殿が三滝と名付ける前、かの空海《くうかい》が見つけたという伝承がある」

「ははぁ」

「そのときに、空海はここに滝があるなら、近くにまだある、というたそうである」

「それで、三つの滝を見つけたのですか」

「あくまでも噂だ」

「はい」

「しかし、噂というものは、恐ろしいものであるな」

「はい」

「この空海の話も独り歩きをはじめて、以前は、よその領内からも、修行僧が滝浴びを求めてくるようになったときがある」

「三代前あたりの話ですね」

いまは、そんな奇特な修行僧の姿など見たことがない。

つまりは、空海が見つけた滝という噂が世間に広がったが、やがてその噂は鎮まり、それにつられて訪れる人も減っていった。

――父上はなにがいいたいのか……。

「父上……」

「噂はいつか廃《すた》るのだ」

「はい」

一太郎は得心する。

祝言をあげてから五年、お田鶴の方に子は生まれなかった。もう、出産は無理なのではないか、と周囲から陰口を叩かれていたのだが、五年目にして仁丸という男子を得た。

それまでは、一太郎が嫡子として暗黙の間に認められていたのである。正式に認めなかったのは、お田鶴の方への配慮だろうと思われていた。

ところが、正妻に男子ができたことで、家臣内に波風が立ちはじめたのもたしかなことである。

名もなき町民の子どもよりは、れっきとした清和源氏の血を持つ母親から生まれた仁丸に、正統性を見る者たちが生まれはじめていたのである。

公儀に一太郎を正式な嫡子として届けているわけではない。したがって、仁丸を正式な嫡子として届けようという一派が生まれはじめた事実もある。

その筆頭は、お田鶴の方なのだが、一太郎としても、その者たちの気持ちも理解できるが、忸怩《じくじ》たる気持ちがないわけではない。

「私を跡継ぎ候補から外したい、といいたいのですね」

「噂は、やがて廃ると申しておる」

「それは、いい噂も悪い噂も同じです。そして、その廃れた噂のなかには、ときとして真実が隠されてしまうことがあります」

「我が三滝家の内情を知っておるであろう」

「借金まみれです」

「そうだ。そこで金稼ぎをしてもらいたい」

「金稼ぎ、ですか」

「店を開くから、その仕切りをおまえに頼みたい。資金は出す」

「私に屋敷から出ていけと……」

「そうはいうてはおらぬ。屋敷との出入りは好きにしてよい」

「しかし、それは……」

体《てい》のいい放逐《ほうちく》ではないのか、と問いたかった。

「助けになる家臣を連れていってよい」

おそらく、失敗したらその責任を取らせるつもりであろう。廃嫡という責任である。なにしろ、店を開くとなると、そのためにも資金が必要だ。藩には金はないから、仙台の大店《おおだな》から借りているに違いない。

失敗は、借金が増えるだけである。貧乏三滝家にしてみたら、十分廃嫡の理由になることだろう。

――考えだしたのは、お田鶴の方か。

しかし、そこまで知恵がまわるであろうか。

「この話は、まだ誰も知らぬ。もちろん、お田鶴の策でもない」

「どんな出店をお考えですか」

「それなのだが……居酒屋はどうだ」

「なんと……居酒屋ですか……」

「国の名産を料理などに使えば、評判になるやもしれぬぞ」

突然、滝の上から轟音が響いた。

空が数度、光った。

二

びしょ濡れになった一太郎は、下屋敷の部屋へと駆け戻った。父は小屋のなかに入って、雨宿りをしてから帰るといって、残ったのである。

廃嫡の話をされるのではないか、と思っていたのに、とんでもない使命をいい渡されたものである。

御用達《ごようたし》の呉服屋や材木屋はあるが、それは藩からの指定というつながりがあるだけで、直々に資金を注ぎこんでいるわけではない。店が大きくなろうが、倒産しようが知ったことではない。

しかし、藩直営となれば、倒産はもってのほかであろう。

——おかしな話になってきた……。

着替えを終えた一太郎は、脇息《きょうそく》に肘《ひじ》をつきながら思案する。

父は好きな家臣を連れていけ、といっていたが、居酒屋を経営するために力を注いでくれるような家臣がいるであろうか。

文太郎を呼んだ。

父からの司令を告げると、目をむいている。

おおげさな男だと感じるが、それが普通の反応なのかもしれない。

「募集をかける、というのですか」

「すぐはじめてくれ」

こうなったら、一刻でも早いほうがいい。

しかたがないといった風情で文太郎は、なんとかします、とため息をついた。

文太郎は、家臣の間を駆けめぐり、若さまが江戸の町中で居酒屋をやるのだが、手伝おうという勇気のある者はいないか、とお触れを出した。

人選をするから、三日後の未刻、一の滝前に集まれ、という内容である。

一太郎は、予想外に集まったらどうしようか、といらぬ思案をしながら、当日、一の滝前に、雨に振られたのでは困ると簡易な葭簀《よしずば》張りを建てて床几を出して座っていた。

「さて、どれだけの人数が集まるものやら」

できれば、賄方《まかないがた》から料理人、腰元《こしもと》のなかから女中、売上などの数字を見る勘定方の算盤《そろばん》に慣れた者たちが来てくれたらありがたい、と夢を見ていたのだが……。

「文太郎……これはどうしたことだ」

なんと、未の刻を過ぎても、ひとりとして姿を見せないのである。

「はて、時刻を間違えているのではありませんか」

「そんな馬鹿なことがあるか」

全員が間違うなどありえない。

「それとも、おまえが触れ書きの時刻を間違えているのではあるまいな」

「それはありません。二十枚は書いていますから、もし間違いがあったら気がつきます」

「ならば、私とおまえのふたりしかおらぬというこの状況は、いかなる具合なのだ」

「さぁ」

私のせいではありません、とでもいいたそうに、文太郎は知らぬ顔をする。

空は荒れている。

こんなときに雨でも振られたら、泣きっ面《つら》に蜂《はち》である。なんとかしろ、といったところで文太郎の責任ではない。一太郎の責任でもない。

「やる気がある家臣はおらぬのか」

　ぶつぶつと不服をつぶやいていると、来た。

「あれは……」

　文太郎がささやいた。全身を墨色でまとっている侍であった。

　その歩きかたから、いかにも武道に優れているような雰囲気を醸《かも》しだしている。

つまり、剣術家であろう。

「誰だ、あれは」

　一太郎は、あんな男は知らぬ、とつぶやいた。

「浅村栄次郎《あさむらえいじろう》さんです」

　以前、国元で剣術の道場を開いていたという。

「なんだ、家臣ではないのか」

「先代のときは大番組《おおばんぐみ》のお頭《かしら》を務めていた人です。ですが、酒癖が悪くて首にな
りました。そのあと、町で道場を開いていたようですが、酒のうえでの失敗が尽
きない。そこで、三滝に逃げてきたという噂を聞いたことがあります」

「そんな男が、どうして江戸にいるのだ」

「さぁ、わかりません」

「酒が飲みたくて応募してきたのか」

「用心棒としては優秀と思いますが」

「剣呑《けんのん》な男がいたら、かえって面倒が起きてしまいそうではないか」

「私にいわれても困ります。ご自分でお断りになってください」

ため息をつきながら、一太郎は栄次郎がそばに来るまで待った。


一太郎は、栄次郎を注視した。肩の肉は盛りあがり、胸も分厚い。こんな男が庶民相手の居酒屋勤めなどできるとは思えない。

目つきもあまりよくない。いまにも人を斬りそうな目つきである。その視線を見た瞬間、一太郎はがっかりする。

不採用、といいそうになったそのとき、

「ご心配無用です。刀を使えるなら、包丁でも同じではありませんか」

「なんと」

「私を包丁人として雇っていただきたい」

人殺しの目つきを、包丁人の目つきに変えようというのか。

「料理人としての経験があるのか」

「ありません。しかし、扱うのは同じ刃物です」

「そんな簡単にいくものか」

呆《あき》れてものもいえぬ。

それでも栄次郎は、腕自慢をはじめようとする。

「やめぇ。そんな話は、居酒屋商売には無関係であろう」

「はて、そうでございましょうか」

「それより、三滝にいたのではなかったのか」

「酒を断ちました。それをきっかけに江戸に出てきました」

以前の同輩から、一太郎が募集をかけていると聞いて駆けつけてきた、というのである。だから、家臣でもない男がこの場にいるのか。

「ご覧あれ」

いきなり立ちあがった栄次郎は、滝壺に飛びこんだ。

ごろごろした石が並ぶ水場の足場は悪い。しかし、そのなかをまるであめんぼうのように滑《すべ》り歩くと、しゃっと叫んで刀を抜いた。

「お……」

天へと一直線に伸びた切っ先から、滝の水が流れ落ちている。

その姿は、想像した以上に美しい。

栄次郎は伸ばした剣先を一瞬にして振りおろした。まるで剣先から水が飛びだしているようである。その姿は以前、奥山《おくやま》で見た水芸《みずげい》のようでもあった。

「見事である」

「水切りの剣をご披露させていただきました」

「採用しよう」

思わず、応じていた。

文太郎が床几から転げ落ちそうになっている。

三

奥に控えておれ、と一太郎は栄次郎に告げた。

「途方もなきありがたきお言葉、痛み入ります」

おおげさな男だ、と思いながらも、あの者ならうまく仕事をこなせるのではないか、と考えていたが、文太郎はそうではないらしい。怪訝《けげん》な目つきをしたままである。

「いかがした。不服か」

「いいえ、若さまがお決めになったのですから、私が口をはさむことではありません」

「そういえば、おまえはどうなのだ」

「と、いいますと」

「手をあげたのか。ここにいるのは、私に頼まれたからか」

「……私は、殿さまづきですので、勝手はできません」

「ならば、父上に頼んでみよう」

「いえいえ、そのお気持ちはありがたく頂戴しておきますが、私は三滝が好きですので。勤番が終わったら、すぐ国元に戻ります。あちらには、許嫁がおりますので」

「うまい逃げかたであるな」

「居酒屋よりも、私は許嫁が大事です」

　そこにまた、ひとりやってきた。

　その顔には、一太郎も見覚えがあった。

「不正が疑われて更迭《こうてつ》された、深田大輔《ふかだだいすけ》です……」

文太郎がささやいた。

「半端者《はんぱもの》だけが集まってくるらしい」

「来るだけ、ましではありませんか」

「おまえも入れてやってもいいのだぞ。許嫁を江戸に呼べば問題はなかろう」

「……私は、下戸《げこ》です。そんな男が居酒屋勤めなど、できるはずがありません。酒の匂いを嗅いだだけで、ぶっ倒れてしまいます」

ぶつぶついい続ける文太郎を無視して、一太郎は深田大輔に対峙した。

文太郎は嫌な顔をしている。自分が揶揄《やゆ》されたからだけではない。眼の前にいる大輔を見て、眉をひそめているのだ。

一太郎は、その気持ちがわかる。

なにしろ目の前にいる男は、まだ十九歳と若く、勘定方として将来を嘱望《しょくぼう》されていたにもかかわらず、不正を働いて数百両という金子《きんす》を自分の懐《ふところ》に入れていたという、とんでもない男なのである。

不正がばれても、本人はけろりしたままで、

「このくらいばれないと、藩の先行きは真っ暗ですからね」

そううそぶきながら、執務室を出ていったという。

こんな話は尾ひれがつくから事実かどうかはわからないが、不正に対するいいわけは、いっさいしなかったらしい。

その潔《いさぎよ》さに、大輔は無実なのではないか、という噂も流れたほどである。しかし、首の決定は翻《ひるがえ》らなかった。

大輔がそれでも家臣のままでいられるのは、父親の深田教右衛門《きょうえもん》が、三滝家の家老だからである。

目の前に座った大輔は、顔も細く肩もさがっていて、ほとんど身体に力が入っていないのではないかと思えるたたずまいである。

算盤が得意で、頭のなかは数字だけで出来ているのではないか、と揶揄されるほどの男だ。

一太郎はしばらく声をかけずにいたが、大輔はときどきちらりと一太郎に目を向けるだけで、言葉を発しようとはしない。

痺《しび》れを切らして、一太郎がつぶやいた。

「やる気があるようには見えぬ」

「やる気というのは、なにかをはじめてから出てくるものです。こうして座っているときに出てくるものではありません」

「……意欲くらいはあるだろう」

「無駄な意欲は、脳が疲れるだけです。普段はなるべく頭はまっさらにしておいたほうが、いざというときに働いてくれます」

「……聞きしに勝《まさ》るな」

「はい」

悪びれずに、大輔は頭をさげた。

謙遜《けんそん》という言葉を知らぬらしい。

「ところで、ここに来た理由を聞こう」

「まわりの目が嫌になったからです。一度や二度の不正くらいで、私の存在を、まるでごみのように見られ続けるのはやめにしたいと……」

「なるほど。だが、私やそこにいる文太郎の目つきを見たらわかるであろうが、おまえから数歩引いていると感じはせぬか」

「文太郎さんはまだしも、若さまはそこまで私を嫌っていません」

「なぜ、いいきれる」

「若さまが纏《まと》われている、たたずまいから感じます」

「ほう、不思議なことをいう。私を包むたたずまいとな」

「はい。それと、人は見た目が八割です」

「どういうことであるか」

「若さまの八割は、のほほん。残りの二割は鬼神ですね」

「どうしてわかる」

「すべてがのんびりという人はいません」

「ほう……」

――こやつ、見た目も返答も奇妙だが、思った以上に才人やもしれん。

「採用である」

思わず、一太郎は叫んだ。

またしても、文太郎から小さな吐息が漏れた。

これで終わりかと床几を片付けようとしたとき、最後と思える影が見えてきた。

刻限はすでに、酉の刻を過ぎ、暮六つになろうとしている。

そろそろ顔が見えなくなる。

こんな刻限になってからの参加は、かなり迷っていたに違いない。

「あれは……」

文太郎が、かすかに腰をあげた。

「女だな……」

一太郎がつぶやいた。

採用と決めたふたりは男である。女の手伝いは無理か、と諦《あきら》めかけていたときだった。薄影のなかに見える姿形は、やわらかい。

「知りあいか」

驚きの声をあげた文太郎に問う。

栄次郎や大輔のときと、文太郎の驚きは、あきらかに異なっている。といって、歓迎しているわけでもないらしい。

「これは困りました」

「なぜだ。あの女に悪戯《いたずら》でもしたのか」

「私ではありません、殿さまです」

「どういう意味だ……と聞いても答えられぬか」

「いえ……」

女は、お英《えい》といって、もとは腰元《こしもと》らしい。

「知らぬな」

「そうでしょうねぇ。殿さまが話すわけがありませんから」

「どんな女なのだ」

「じつは……」

お英は、仙台、札の辻に建つ白藤《しらふじ》という呉服屋の娘である。姉がふたりいて、お英はそのいちばん下の娘であった。三人とも美人として知られ、とくにお英は三人のなかでも、負けん気の強い美女として名を馳せていた。

宗久が、店に出ているお英を見初めたのである。

すぐお英を召しださせようと、文太郎は白藤の両親に頼みこんだ。

親としては、娘が陣屋大名とはいえ、ともかく殿さまの側女になるなら、反対する理由はない。当然、商売にも効果が期待できる。

すぐさま文太郎の手引きで、お英は三滝の館へと連れていかれたのである。

お英は申し出に対して断りはしなかった。といって喜びもせず、

「話のたねにいいかもしれない」

などと、物見遊山《ものみゆさん》のような台詞を吐いていたのである。両親はその言葉を、照れ隠しとしてしか考えていなかった。

十九歳の娘である。そんな言葉で、自分の気持ちを納得させているのだと考えていたのであった。しかし、両親の思惑をよそに、とんでもない事件を起こしてしまうのである。

「なんだ、その事件とは……」

聞いたことがない、と一太郎は首を傾《かし》げた。

大きな事件が起きていたとしたら、一太郎の耳に入らぬはずはあるまい。

「それは、本人からお聞きください」

文太郎の話が終わる前に、お英は一太郎の前に座っていたのである。

お英はすぅっと腰をおろすと、ていねいにお辞儀をする。名を名乗りながらのその姿からして、仙台一の美女という誉れは伊達ではない。

「もとは我が三滝の腰元だという話であるが」

「三日だけですけどね」

にやりと笑ったその顔には、屈託《くったく》が感じられない。

「三日だけ……」

「その理由は、そちらの若いかたがご存じですよ、ね」

ふふ、と笑みを浮かべたその目は、しっかりと文太郎に向けられている。

「その節はお世話になりました。ご迷惑をおかけしました、とでもいったほうがいいかしら」

「………」

口をへの字に結んで、文太郎は天を仰いでいる。

なにがあったのか予測もつかない一太郎は、ふたりを見比べていたが、

「ははぁ、父上が悪い病を出したのだな」

返事はない。文太郎は相変わらず天を仰いだまま、知らぬふりをしているし、お英は、にやにやしているだけである。

事件というからには、なんらかの不都合が起きたに違いない。

「そこがわからぬ」

しかたがなく、一太郎はお英に向けて頭をさげた。

「このままでは蛇《へび》の生殺しである。なにが起きたのか教えてもらいたい」

「わかりました。若さまにそこまでされて黙っていては、かえって失礼にあたりますからね」

四

お英は三滝の館に、腰元として勤めることとなった。それだけなら取り立てて不思議な話ではない。大店の娘が行儀見習いとして、武家の屋敷に入るだけなら面倒な話ではない。

だが、そこの殿さまの思惑が隠されていたため、混乱の火種が含まれていたのである。

腰元として勤めだしてから三日目の夜であった。

その日、お英は腰元の長老から、話が振られた。

「そなたは、殿さまの夜伽《よとぎ》の相手として選ばれた」

「はい」

それは、最初から引導を渡されていたから知っている。

「今日がその日である」

「いやに早いのですね。まだ、私は勤めてから三日です」

「殿さまのお手がつけば、そのときからそなたは部屋を与えられる」

「私のためにお部屋が与えられるというのですか」

「望むなら、別邸を与えてもよい」

長老は、まるで自分が与えるような顔でつぶやいた。言葉が終わると、口角があがった。不服なのだろう。

いきなり連れてきた娘に別邸を与えるなど、正気の沙汰ではない。

「へぇ、それは剛毅なお話ですねぇ」

他人事のようなお英のいいかたに、むっとした顔で、湯浴みに行け、と命じた。

若い腰元が三人来た。ばたばたと湯浴みをさせられ、最後は白い浴衣を着せられ、奥座敷に連れていかれた。そこで殿さまがお渡りになるまで待っていろ、と命じられたのである。

普通なら、じっと座って待つものだ。しかし、お英はどうやってここから逃げようかと思案する。なかなか、殿さまは渡ってこない。

やがて、眠気を覚えてつい横になり、そのまま寝入ってしまったのである。

「なにしろ、朝からばたばたさせられて、くたびれていましたからねぇ」

ふふふ、とお英はその美しい顔をほころばせる。

「もうよい、そこから先はいらぬ」

「あら、これからが楽しいのですよ。ねぇ、文さん」

文さんと呼ばれた文太郎は、げっと叫んだ。

「その呼びかたはやめてください」

「あら、それは変ですよ。そう呼んでくれとお頼みしてきたのは、そちらさまですよ」

「なんだって……」

文太郎は、大川《おおかわ》で河童《かっぱ》でも見たような顔をしている。

「どうなっておるのだ」

私から説明いたします、とお英が艶然《えんぜん》と笑みを見せる。一本通った鼻筋を持つお英の妖艶さは、一太郎を妖《あや》かしの世界に引きずりこむようである。父の宗久が惹かれたのも、むべなるかな。

楊貴妃《ようきひ》でも、目の前のお英には勝てぬのではないか、と一太郎は頭のなかでつぶやいた。

——もっとも、楊貴妃には会ったことはないが……。

文太郎がお英に、文ちゃんと呼んでいただきたいと願ったのは、国元にいる許嫁がそのように呼ぶからだという。

「私の声が、そのおかたに似ているから、とお願いされたのです」

「おまえ……なにを考えていたのだ」

「私は屋敷に戻りますゆえ、あとはおふたりでよしなに」

文太郎は立ちあがると、すたすたと一の滝から離れていく。小屋前から坂をのぼる姿は、まさに逃げの姿であった。

笑みを見せたお英は、楽しそうに一太郎を見つめる。

「趣味が悪いぞ」

「あら、どうして」

「若い男をからかうものではない」

「からかってなどいません。許嫁を思いださせてあげようと思っただけです」

「それがいかぬ」

「あら、そうかしら」

どうやら、あまりいい性格ではなさそうである。それでも、この顔は酒飲みを集めるためには、大きな力になる。

「採用しよう。だが、男をからかうのはやめろ」

「ふふ、承知いたしました、若さま」

「む……」

ばたん。

なんの音かと振り返ると、栄次郎と大輔が、葦簀の下で溺《おぼ》れていた。


一太郎を先頭にして、浅村栄次郎、深田大輔、お英の四人が江戸の町に、三滝藩直営の居酒屋を出すことになった。

四人は、まだ根津の下屋敷にいる。

店のために働く顔は決まったとはいえ、店自体を探さねばならない。こんなときこそ、藩御用達の店に助けてもらいたいのだが、宗久はその願いを拒否した。

「最初から自分たちでやれ」

と、冷たくいい放ったのである。

おそらくは、お田鶴の方の差し金であろう。栄次郎は憤慨していたが、大輔とお英は、たいして気にしていないらしい。

みなで力を合わせたらうまくいく、と楽観しているのである。しかし、いちばんのんきな若さまと思われた一太郎の焦《あせ》りは、三人を驚かせている。

「若さま、どうしてそんなに焦っているのです。期限でも切られているのですか」

不思議そうにお英が問う。

「いや、そうではないが、あまり長引かせるのは得策ではない」

「得策も愚策もありません。殿さまがいちばん楽な道を拒否したのですから、悪いのは、殿さまです」

栄次郎は、宗久のせいにしようとする。

「そんな話ではありますまい」

冷静な声を出した大輔に、栄次郎とお英は怪訝な目を送る。

「だいたい、江戸の町で商売をしろなどという話からして奇天烈《きてれつ》です」

「いやまぁ、そうだが」

栄次郎は、こいつなにをいいだすのだ、という目つきである。

「栄次郎さんとお英さんは気がついていないらしいから、教えましょう」

「あぁ、おまえの意見を聞きたいものだ。さぞかし楽しい話であろうなぁ」

目を細めて、いまにも人を斬ろうかという危険な雰囲気を出す栄次郎のつっかかりにも、大輔は表情を変えずに、

「一太郎さんは、目の上のたんこぶなのです」

「たんこぶだと」

「そうです。お田鶴さまと仁丸さまにとって」

「むむ」

そういわれて、栄次郎も気がついたらしい。

「それはこういうことか」

分厚い胸を張りだしながら、栄次郎はつぶやく。

「目の上のたんこぶ」

「それは私が言いましたよ」

大輔の言葉で、栄次郎は、はっとして顔を赤く染めながら、

「いや、俺がいいたかったのは、邪魔者だということだ」

「同じではありませんか」

「……む、私は学がないからな」

そんな問題ではありません、と薄ら笑いを見せて、大輔は付け加える。

「今回のこの指令は。まさに一太郎さまを陥《おとし》れるため。失敗させて、跡継ぎから引きずりおろそうとしているんですね」

お英が目を細める。怒った美人は、何者にも代えがたい魅力がある。

「お英の顔を見て、俄然やる気が出てきた」

斬新な品書きを考えよう、と栄次郎は叫んだ。いままで料理の経験などあるはずがない栄次郎の張りきりを見て、一太郎は不安そうである。

「そんな話より、もっと重要なことがあります」

大輔がお英に視線を送る。

おや、なんでしょう、と怪訝な目をするお英に、大輔はいった。

「殿さまとお英さんとの間に起きた事件の話が、まだ途中です」

「おやまぁ、そうでしたかしら」

小首をかしげながら、お英は科《しな》を作る。そういえば話が途中であったな、と一太郎もうなずいた。

「そういえば中途半端になったままだったかもしれませんね」

栄次郎の頭のなかは、品書きよりも、お英の話に向けられたらしい。

早くしろ、と急かしだした。

「そんなに急かすと、おなごは嫌がりますよ」

「なんだと」

やめろやめろ、と一太郎がじゃれあいのようなふたりの喧嘩を止める。

ふふふと口元をゆるめたお英は、

「どこまでお話ししましたかしら」

記憶をたどりながら、あぁそうそう、とうなずく。

「私が寝入ってしまったところまででしたね」

話の先を待つ三人の顔を見ながら、お英は続けた。

すっかり熟睡してしまったお英であるが、かすかに襖の開いた音に気がつく。

「でもねぇ、自分がどんな状況にあるのか、すっかり忘れてしまっていたんですよ」

どこの部屋で寝ていたのか、それすらも忘れていたために、部屋のなかに入ってきたのが殿さまだとは、夢にも思っていなかったという。

薄ぼんやりした頭のなかで、お英は危険を感じていた。

「襲われる……そんな思いに駆られていました」

「襲われるもなにも、相手は殿さまではないか」

栄次郎が呆れ声を出す。

それだけぼんやりしていた、ということなのであろう、と一太郎は半分怒りながら答えた。お英の話から、父の馬鹿さ加減が感じられるからだった。

まだ身体が眠っていたお英だったが、男の手が胸をさぐりだしたときに、身体も頭も完全に起きた。

「なにをするんです」

飛び跳ねたお英は、殿さまの後ろにまわりこみ、逆手を取った。そして殿さまの背中を蹴飛ばした。

「うわぁ」

悲鳴ともつかぬ声をあげて、殿さまはその場に蛙《かえる》のごとく這いつくばってしまったのであった。

五

店探しがはじまった。

早く見つけて父親に報告しなければいけない。御用達たちの力を借りるのは拒否されたが、資金として五百両もらえることになっている。居抜きで借りるか購入するか、それも、こちらにおまかせだ。

しかし、相場がわからない。

誰かくわしい家臣はいないかと江戸勤番たちに尋ねたが、飲み代ならくわしいが店の相場など知るわけがない、と一蹴《いっしゅう》されてしまった。

こうなったら、足で稼ぐしかない。

まずは、奥山に行ってみることにした。見世物小屋《みせものごや》が並んでいるだけに、居抜きの店も売られているかもしれない、という栄次郎の提案だった。

ならば、栄次郎とお英が浅草に行け、と一太郎が指示をする。

「私と大輔は、両国界隈を歩いてみる」

栄次郎は、なんとなく居心地悪そうな顔を見せた。

「おや、栄次郎さん。私とふたりでは不服ですか」

お英の突っこみに、そんなことはない、とあわてる。

「ふたりはいい相棒でしょう。どっちが先棒《さきぼう》かはわかりませんがね」

大輔は、一太郎に顔を向けた。

「両国はおひとりでいってください。私は店の経営について、数字を考えてみます」

「おう、そうか。おまえは勘定方であったな」

得心顔で一太郎は答えた。だが、栄次郎は舌打ちをする。

「不正で首になった男がいるらしいが、信用してよいのかなぁ」

大輔は横目で栄次郎を見つめた。

やめろ、と一太郎は栄次郎を止める。

「いまは仲間同士、いがみあうときではない。これからどんな先が待っているのかわからぬのだ。もっと仲良くしてもらわねば困る」

「は……」

「おまえの水切りの剣は、仲間を斬るためにあるわけではあるまい。不正を働くだけの頭脳を持っていると、大輔を認めよ」

そこでようやく栄次郎は黙った。

「褒められたのか、どうなのかよくわかりませんが、まぁ、いいでしょう。とにかく私は今後、どれくらいの仕入れをして、店にはどれだけの金子を使えるのか、預けられた金子がどれだけもつのか、検討してみます」

「わかった。では、両国は私ひとりで行ってこよう」

「それも少し心配ですけどねぇ」

お英の言葉で、ようやくその場の雰囲気が落ち着き、それぞれの目的に向かって歩きだす。

両国に向かった一太郎は、根津神社の前を通りすぎ、三味線堀を経て神田川を渡った。昌平橋を過ぎ。柳原の土手から柳橋。そして、両国の広小路。

ここまで来ると、人の流れが早くなり数も増える。ときどき、大道芸が大きな刀を振りまわしながら、蝦蟇《がま》の油を売っていた。

その様を見て、今回の密命に失敗したら、栄次郎はあれをやればいいだろう、と考えると笑みが浮かんだ。

「旦那……」

にやにやしているところに、声をかけた男がいた。

「なんだ、おまえは」

鼻が飛び出た男だった。こんな人相の男に、ろくなやつはいない。べつに人相見ではないが、子どものころ通っていた道場で、剣持《けんもち》某《なにがし》という男が同じような面相であった。

一太郎は、その剣持からいじめを受けていたのである。

道場の前で一太郎を待っていて、

「相撲を取ろう」

そういって組みかかってくるのであった。

相手は少し年上である。体力の差がある。一太郎は必死に投げを耐えるしかなかった。

まだ三滝の若さまとして呼ばれる前の話である。父にも母にもその話はしていない。そのときの心の傷は、成長しても残っているのであった。

「鼻の大きな男は気に入らぬから、離れろ」

「旦那は、どこぞの若さまですね」

勤番侍には見えないから、若さまとでもいっておけば、無難である。旗本ご大身の息子でも若さまなのだ。水飲み百姓だとしても、名主あたりの息子は若さまと呼ばれているだろう。

無視をして離れようと足を早めたが、見た目以上に男は足さばきが早かった。

すっと先まわりすると、懐から小さな十手《じって》を取りだしたのである。

「なんだ、おまえは御用聞《ごようき》きか」

「まぁ、そんなようなものです」

「縄《なわ》を打たれるような真似をした覚えはない」

「そんなんじゃありません。旦那がなにかお探しのようでしたから、お手伝いできるのではないか、そう思いましてね。それでお声をかけてみました」

「私が探しものをしていたと」

左右に目を振りながら、空き店を探しているところを見られたらしい。

「おまえはいつもそうやって、他人の尻を追いかけているのか」

「旦那は見かけと違い、口が悪いねぇ」

そうかな、と一太郎はいいながらも足を止めない。

それでも、男はついてくる。

自分は元八《げんぱち》という名の岡っ引きだといい、困っている人を見つけたら、助けたいのだ、と本当かどうかわからぬ言葉を吐く。

江戸の御用聞きなどには、ろくな者がいないというのが、父の口癖だ。

その言葉を聞きながら育ってきている一太郎としては、心を開きにくい。

「あっしに相談してみませんかい」

自分は江戸の岡っ引きとしては優しいのだ、といった。

「己《おのれ》で己を褒めるような輩は信じられぬ」

「一度、試してみたらどうです」

「嫌だな」

あとで面倒を起こしたくはない。

元八はそれでも離れようとしない。いいかげん、面倒になってきた。

「ならばこのあたりに、いい出物の店はないか」

無駄だと思いながら聞いてみた。

「店、ですかい」

旦那が店を開くのか、と聞きたそうな顔つきをする。

「私が店を出したらおかしいか」

「いえ、そうではありませんがね。侍が陰で女に茶屋などを持たせている話は、けっこうありますから」

「そんな色っぽい話ではない」

「でしょうねぇ」

「どういう意味だ」

むっとしながら一太郎は問い詰める。

他意はない、と元八はいうが、顔は笑ったままである。一太郎は、舌打ちでもしたそうな顔つきで先に進んだ。

「旦那、旦那、その先は河原ですぜ」

わかっておる、といいながら踵《きびす》を返して、広小路に向かった。大勢が並んでいるのは、これも大道芸だろうか。

「やべぇ、旦那、あっしはこれで。またお会いする日がありましたら、そのときにでも」

すばやく人混みのなかに、もぐりこんでいった。

すばやい男だ、と呆れながら元八の後ろ姿を見ていると、集団のなかから声が聞こえてきた。

両国橋のたもとに死体があがった、という内容のようである。それで、あの男は駆けだしたのか。さすが江戸の御用聞きは動きがすばやい。

素通りしようとした一太郎だったが、ふと好奇心を起こして、人混みのなかに身体を入れた。

前に出ると、死体が転がっていた。元八が担当らしき同心と会話を交わしている。かすかに声が聞こえる。

そこから類推すると、死体はふたりらしい。

心中だろう、という声も聞こえてきた。

なんだ、心中か、と一太郎はつぶやく。この世で一緒になれないと思ったふたりだとしても、みずから命を絶つ気持ちが理解できない。

生きていればこそ楽しみもあるのだ、と思う。

お田鶴の方はどうしても、一太郎を廃嫡《はいちゃく》させたいに違いない。己が生んだ子どもが可愛いと考えるのは、親として当然の願いだ。

一太郎の母は、仙台の泉山で生まれ、十歳から簞笥町で働きだした。やがて、宗久の目に止まり、一太郎が生まれた。

だが、町中の女を正式な側室にはできないと考えたのか、それ以外になにかの力が働いたのか、母子を館に呼び入れはしなかった。

したがって、一太郎が館に入ったのは十七年後のことだったのである。

呼ばれたのは、なかなか正妻が身ごもらなかった理由もあるかもしれない。宗久は先代が亡くなり、自分が統治すると決まったから呼び戻したという。

それに嘘はないだろう。

しかし母は、一太郎と一緒に館に入れると知ったとき、病に倒れていた。その日を夢みながら、身罷《みまか》ったのであった。

宗久は、きちんと部屋を与えるつもりだったらしい。

「それだけ大事に思っていたのだ」

とはいうが、亡くなってからなら、どんなことでもいえる。

うがったいいかたになってしまうが、一太郎としては、もっと早く母を館に呼んでいたら、病による死はなかったのではないか、とも考えている。

いま心中らしいと聞いて、つい母親を思いだしてしまったのは、生きたくても命が続かぬ人もいるのだ、といいたかったのかもしれない。

六

「旦那、ご興味がありますかい」

元八が近づいてきた。その鼻高の顔を見るたびに、嫌悪感が走る。

「ない」

「そうですかねぇ。なにやら難しいお顔をしてましたぜ」

「この件とはまったく異《こと》なる話だ」

「なるほど。では、ちょっと死体を見てみますかい」

「なにゆえに、私が心中を見なければいけない」

「後学のためです」

いらぬ、と一太郎は離れようとするが、元八は許してくれない。

一度だけでも、などといいながらまとわりつく。いいかげんにしろ、という前に、元八は死体にかかっていた菰《こも》をあげた。

もっと悲惨な状態かと思っていたが、ふたり並んだ顔はきれいであった。それを見た一太郎は首を傾げた。

どうかしたのか、と問う元八をよそに、死体の前にしゃがみこんだ。

「親分、このふたりの手が結ばれていたのは、最初からなのか」

「へぇ、そうですが、なにか不都合がありますかい」

「見てみろ、結びかたがおかしい。心中なら、もっときれいに蝶結《ちょうむす》びにでもするのではないか」

一緒に死のうとするのだ、美しく飾りたいと願うのではないか、と一太郎は元八に告げる。

ふたりの手首を縛った紐は、縦に結ばれていたのである。

「私は、心中など起こしたことはないが、これから極楽に行こうとするときにやるような真似ではないような気がする」

「いわれてみたら、たしかにそんな気がしてきました」

一太郎の言葉を聞いて、元八もかすかな疑惑を感じだしたらしい。

「それに、こんな藻だらけの沼から拾ってきたような緑色に染まった紐を、使うだろうか」

「たしかにねぇ。この紐は旅立ちにはそぐわねぇ」

そうであろう、と一太郎はさらに男の太腿《ふともも》をあらわにしてから、女の裾《すそ》も持ちあげた。

「検視役人は、死因をどういっていたんだ」

「おそらく、お互いの胸を突きあったのだろう、ということでした」

男女の胸は血まみれである。一太郎がふたりの胸を開くと、これこれなにをしておる、という声が聞こえた。

元八が、与力の旦那、といった。同心ではなく、与力まで出張ってきたとは腑《ふ》に落ちぬ。そんな重大な事件には見えぬ。

元八がいいわけをしようとすると、いきなり顔を殴られた。素人に勝手に死体を探らせるな、といいたいらしい。

頬を殴られた元八が、痛みに耐えている。その顔を見て与力は続けた。

「おめぇ、さっきから俺を監視するような目つきで見ていただろう。下っ引き風情が、生意気なんだよ。たまたま見まわりにでも出ようかと思っていたときに、呼ばれたんだ、そんな目で見るな、げす野郎め」

元八は恨みのこもった目で、与力を睨《にら》んでいる。

「それに、素人に死体を探らせるなんざ、言語道断だ」

「私が勝手にやったことだ。元八に罪はない」

一太郎が助け船を出すと、なんだあんたは、という顔で、与力は一太郎の肩を突いた。

「乱暴なお役人だなぁ」

やかましい、と与力はなおも一太郎を突き飛ばそうと寄ってきた。

一太郎は、剣術はそれほど得意ではないが、危険から逃れる程度の技は使える。肩を引いて、与力の手をかいくぐった。

与力はなにやら叫びながら、さらに手を伸ばした。そのとき、石礫《いしつぶて》がどこかから飛んできて、与力の額《ひたい》に当たった。

うめきながら、与力はその場にうずくまる。

「なにが起きたんです」

元八は倒れこんでいる与力を見つめてから、一太郎に視線を飛ばした。

一太郎は、礫が飛んできた方向に目を向ける。と、栄次郎とお英が、こちらを見て、にやにやしていた。てっきり浅草に行っているものと思っていた一太郎は、驚く。

寄ってきたふたりに問うと、

「若さまだけでは心もとない、ということになりましてねぇ」

お英が笑みを浮かべながら、答えた。

「信用がないな」

「違いますよ。一万石とはいえ、れっきとした大名の若さまを、たったひとりにさせるのは、よくないのではないか、と栄次郎さんが心配したんですよ」

「そうか……」

それは、まぁ、嬉しい話である。だが、半分は子ども扱いだ。

与力が立ちあがりだした。それを見たお英が叫んだ。

「逃げましょう」

七

三人は、柳原土手を昌平橋方面に駆け抜けた。

あそこに柳原稲荷があります、というお英の声で土手をおりた。鳥居をくぐって河原に面して境内《けいだい》に入る。

栄次郎は本殿の前まで行って、手を合わせた。その姿を見たお英は、栄次郎に信仰心があるとは思わなかった、と笑う。

「馬鹿をいえ。香取《かとり》神明宮は、剣術家の聖地だ」

「ここはお稲荷さまですよ」

同じ神さまだから変わりはない、と栄次郎はうそぶいた。

「そんなことより、浅草ではめぼしい出店はなかったということか」

問いただす一太郎に、ふたりは肩を落とす。その仕草だけで、だいたいの想像はついた。

「いざとなると、そう簡単にはいかぬものだな」

「まぁ、しかたありませんね。素人が簡単に居酒屋など出せるとは思えません」

と、栄次郎がなにか気がついたのか、お英を見つめる。

「なんです、その目は。まだ昼ですよ」

「馬鹿なことというな。おまえの親は大店であろう。なんとか伝手《つて》をたどるようなことはできぬのか」

「それは無理ですね」

「なぜだ、聞いてみたのか」

「聞かなくてもわかりますよ」

娘が殿さまを蹴飛ばした話は噂となり、親が大恥をかき、半分勘当みたいになっている、というのである。

　一太郎は苦虫を嚙みしめ、栄次郎は大笑いを続ける。目の前にいる娘に、父親が手を出そうと考えたと思うと、腹が立つというより、くだらねぇ、とでもいいたくなる。

「どうしたんです、そんなおかしな顔をして」

「気にするな。ところで、さっきの死体だが」

　死体、とふたりは目を合わせた。この若さまは、いきなりなにをいいだしたのだ、と怪訝な顔で一太郎を見る。

「あれは、心中ではないな」

「心中の死体にみんなが集まっていたんですか。なにがあったのか知りませんでした」

　お英と栄次郎も死体は見ていないし、元八にも会っていない。一太郎は元八と出会い心中に遭遇した、と説明を加えた。

「素人同士がお互いを刺したとは思えぬ。見事に急所を突いておった。それに、ためらい傷もなかった」

心中の経験などないが、いくら好いた同士でも、いざ殺そうとしたら気持ちが揺らぐのではないか、と一太郎はいった。

「好いた同士なら、なかなか突けずに、ためらいますよねぇ」

お英の言葉に、一太郎と栄次郎はうなずく。

「つまりは、心中ではなく、偽装という話になりますね」

「その元八なる岡っ引きに、いまの話を伝えたほうがいいのではあるまいか」

栄次郎の勧めに、そうしよう、と一太郎は答えた。だが、与力にいじめられていた元八が我々の言葉を聞いてくれるだろうか、と一太郎は気になる。

私が伝えてきましょう、とお英が申し出た。

「あぁ、それなら御用聞きも耳を貸すだろう。この女の話を聞かぬ男などおらぬからな」

栄次郎の言葉を無視して、お英は両国に戻ってみる、と歩きだした。

一太郎と栄次郎もとりあえず、一緒に行こうと土手に戻ったとき、柳橋のほうから歩いてくる元八の姿が目に入った。

「旦那、逃げだすとはひでぇですぜ」

「それは悪かったな、だが、あのままあそこにいたら、どんなことになるかわかったものではなかったからのぉ」

元八は、まぁ、そうかもしれませんね、とうなずいてから、栄次郎とお英を見つめる。とくに、お英を見たときの驚く様は、見ものであった。

「元八、まるで奥山で女綱渡りでも見ているような目つきではないか」

女の綱渡りは、裾をからげて演技をする。観客たちはそれを下からのぞきあげる。それだけに男たちには、人気があったのである。

いやいや、そんなことはありません、といいつつも、ちらちらとお英を見ながら、一太郎に尋ねた。

「その顔は、なにか気がついたようですが」

「あの心中は偽装だ」

やはり、と元八はつぶやいた。どうやら元八も、疑いを持ちはじめていたらしい。

「旦那がおっしゃった、あの手をつないでいた紐の汚さは、あっしも気になりましたからねぇ。たしかに心中する紐にしては美しくねぇ」

「身元は判明したのか」

男は兇状持だったからすぐわかった、という。木更津《きさらづ》の与助《よすけ》といって、働いていた店の主人を殺した罪で回状がまわっていたというのである。女は櫓下《やぐらした》の女郎《じょろう》、お崎《さき》という。

「凶状持ちと女郎の心中なら、誰も偽装などとは考えぬかもしれんなぁ」

「それを狙《ねら》ったかもしれませんね」

「でも、どうして偽装なんぞしたんです」

お英が首を傾げる。

「本筋は、男を殺したかったのか、あるいは女を殺したかったのか。そのどちからであろうな」

「では、ふたりのうちのひとりは、関係なく殺されたというんですかい。べらぼうな話ではありませんか。敵《かたき》を討ってやりましょうよ」

憤慨した顔もまた美しいお英を見つめながら、元八は一太郎を見つめる。

「旦那が解決してくれるんですかい」

「乗りかかった船だ」

その言葉に、元八は満足そうにうなずいている。

元八が戻ろうとしたとき、一太郎がこれからどう探索するのか、と問うと、

「悪いが、素人には教えるわけにはいきません」

と、すたすたと柳橋のほうへと戻っていく。

なんだあの野郎は、人を利用だけしておいて、と栄次郎が憤慨するが、

「まぁ、しかたあるまい、相手は御用聞きだ」

一太郎はいたってのんびりかんとしている
若さまは鷹揚《おうよう》だからねぇ、とお英が冷やかした。言葉の裏に、父の宗久は心がせまいと考えているのではないか、と勘ぐってしまうが、考えすぎだろう。

父親とお英の関係には、なかなか心穏やかにはなれない。

「ところで、今後どうしましょう」

そうだなぁ、と一太郎は首を傾げてから、

「大輔に聞いてみるか」

「あんな男になにがわかるものか。心中は男と女の問題だ。そんな機微《きび》をあの若造が推理できるものか」

栄次郎が暴れはじめ、お英が栄次郎の背中を、ぽんぽんと叩いた。

「勘定方で、お金をちょろまかせるだけの知恵があるのですからね、なにか策を見つけるかもしれませんよ」

「最後はばれたではないか。下衆《げす》の知恵でしかあるまい」

「下衆だろうがなんだろうが、知恵には違いありませんよ」

「まぁまぁ、仲良く、仲良く」

仲裁に入った一太郎の言葉で、栄次郎も黙るしかなかった。

根津の下屋敷に戻ると、大輔は部屋一面を数字だらけの紙で埋め尽くしていた。

「な、なんだ、なんだこれは。地獄の部屋みたいではないか」

「踏まないでください」

四股《しこ》でも踏みそうな歩きかたをする栄次郎に、大輔が叫んだ。

「なんだ、この数字は」

一太郎とお英も目を丸くしている。足の踏み場もない。

「いろいろ予測を立ててみました」

家賃と収入の関係、支出、などを店の大きさと家賃と照らしあわせて、すべてを計算してみたというのである。

売上から、どのくらい藩に上納できるか、また、いつから納めることができるかなど、すべてを推論しながら、数字を出してみたというのである。

だから、こんなに紙だらけになっているのか、と一太郎は呆れ返る。

「勘定方の頭のなかは、どうなっておるのだ」

「常に、算盤を弾《はじ》いているんです」

大輔は答えた。いまさらなにを聞くのか、とでもいいたそうであり、それが当然といった顔つきである。

「で、結論は出たのか」

「出ませんよ。だって、まだ店は借りていないのですからね。でも、借りる場所が決まったら、ここでの計算が役に立ちます。数字は、これから先のことも予測できるのです」

生意気な、と栄次郎は紙を蹴飛ばそうとする。

じゃらん。

音がして、算盤が栄次郎の額に飛んだ。

とっさに避けたからよかったが、そのままでは額を割られていたであろう。栄次郎でなければ、大変なことになっていたかもしれない。

取っ組み合いになりかかり、間に入った一太郎は、ふたりを制した。

「仲良く、仲良く……」

八

大輔を組み敷こうとした栄次郎は、一太郎に止められてしかたなく離れた。

お英は笑みを浮かべながら、

「おふたりは、ほんに仲がおよろしくて」

「嫌味はいらん」

怒りの声をあげる栄次郎に、お英は笑みを返し、心中の件を説明する。

「ところで、大輔さん。今後の方針はありませんか。なにか策があるのでしょう。あなたが黙っているときは、なにか考えているときだと思います」

はい、と大輔は答えた。たしかにその顔は思案しているふうで、他人が入りこむのは難しそうである。

機嫌が悪いわけではない。算盤を弾きながら策を練っているのだろう。一太郎は、大輔を見つめ続ける。

——まったく勘定方の頭のなかはわからぬ。

「殺された女が櫓下で働いていたといいましたね。だとしたら、最近、それも数日内に消えた女がいるはずです」

「だから、それがお崎という女なんだろう」

ことごとく栄次郎は食ってかかる。

「そのお崎が、どうして店から外に出ることができたのか。それを知りたいのです」

「なぜだ」

「郭《くるわ》からいきなり引きずりだしたとは考えられません。だとしたら、落籍《らくせき》されたか、あるいは連れさらわれたか……でもそれは考えにくいですねぇ。深夜にでも強盗に入って、連れていかねばなりません」

昼日中、そんな馬鹿なことをするような輩はいまい。

牛太郎《ぎゆうたろう》と呼ばれる遊郭で働く男たちがいる。やつらがすぐ寄ってきて、袋叩きにあってしまうのがおちだ。

「なるほど、お崎が落籍されていたとしたら、誰がその相手だったのか。そこから調べよという意味か」

一太郎が問うと、そのとおり、と大輔は応じた。およそ若さまに対する態度ではないが、一太郎は気にしておらぬらしい。

「それにしても、こんなよけいなことに首を突っこんでいいのですかねぇ」

お英が一太郎を見つめる。

本来なら、開店の用意をしなければいけないのだ。ところが、店もまだ決まっていない。

「たしかに、無駄な話かもしれぬが、乗りかかってしまったものはしかたがない。引き返すのは嫌いだ」

「わかります、わかります。あの生意気な元八とかいう御用聞きの態度も気に入らぬ。やつの鼻を明かしてやりましょう」

鼻を鳴らしながら、栄次郎がいった。

「動機が不純のような気もしますが、やりましょうか」

そうであるな、と一太郎はうなずき、

「では、櫓下に行ってみるか」

大輔は、私はここにいます、と答えた。まだ数字を出さなければいけないところがたくさんある、という。

どこに数字を使うようなところがあるのか、と聞こうとして、一太郎は言葉を止める。聞いたところで、意味不明の数字を羅列されるだけであろう。

「では、大輔はなおもここで予測の数字を出しておけ。栄次郎とお英は、どうする」

櫓下といっても、遊郭はひとつやふたつではない。

「店を全部まわるのは難儀ですね」

「元八に聞いたらわかるだろうがなぁ」

あの嫌味な男が教えてくれるかどうか。

「それなら、我らには、なによりも強力な武器がある」

にやけながら栄次郎が、お英を見つめる。

「……はいはい、わかりました。私がちょっと悪戯をして、元八から聞きだせばいいのでしょう」

「色仕掛けか」

大輔がにこりともせずにいう。

「人聞きが悪いねぇ。桃色の罠とでもいってちょうだい」

「桃色の罠か、それは言いえて妙だぞ」

栄次郎が大喜びをしている。大輔は、言葉を変えただけです、と楽しくもなさそうに応じた。

櫓下は深川にある一角の呼び名だ。以前、永代橋から富岡八幡宮に向かったところに、大きな櫓があったところから、この名がついたらしい。

遊郭が集まっている場としても、江戸では有数の場所だ。そんなところをお英が歩きまわると、危険がいっぱいだろうと、栄次郎が用心棒然として横を固めている。

ふたりが並んで歩いていく後ろを、一太郎は進んでいた。自分の気まぐれでこんなことになってしまった、とかすかに後悔しているのだ。

父親の怒りの顔が浮かんできた。

その顔は、早く藩の苦境を助けろ、といいたそうであった。

とりあえず櫓下に来たのは、お崎という女が働いていた店を見つけるためである。

元八から聞きだそうとしたのだが、やつがどこにいるのかわからぬ。そこで、まずは深川に行ってみようということになったのであった。

町方とて馬鹿ではあるまい。元八も深川界隈を探索しているのではないか、と大輔の進言であった。

富岡八幡に向かい、二の鳥居を過ぎたあたりで、お英の足が止まった。怪我でもしたのかと思ったが、そうではなかった。どこまで行けばいいのか、はかっているようであった。

後ろから見ている一太郎には、ふたりの会話は聞こえてこない。女ひとりに男ふたりの用心棒はおおげさすぎる。そこで、栄次郎だけがお供という見た目を取っているのである。

横を通りすぎる男たちは、みな同じような目つきでお英を舐めまわしていた。そんな不躾《ぶしつけ》な態度にも、お英に怯《ひる》む様子はない。幼きころから失礼な目つきには慣れているのだろう。

ふたりが歩きだしたところで、一太郎は近所の自身番《じしんばん》に入った。元八の居場所がわかるかもしれないと考えたからだった。

元八はここ数日顔を見せていたが、今日はまだ来ていない、と町役の応対だった。

今日はまだ顔を見ていないということなら、そのうちやってくるのではないか、と考えられる。

その旨《むね》を前のふたりに伝えようとしたら、後ろから、どん、と不意を突かれた。

「旦那、どうしてこんなところにいるんです」

「おう、おまえか」

「へ、そんなすっとぼけた顔をされても、騙《だま》されませんぜ」

「なにを騙すというのだ」

「おおかた、お崎について嗅ぎまわっているんじゃありませんかい」

「なぜ、そんなことを思う」

「ほれほれ、その答えですよ。違っていたら、違うと答えるものです。こちらを探っているような目つきは、旦那の性格の悪さを表しているってぇもんですぜ」

「おまえに、そんなことをいわれる筋合いはないのだがなぁ」

「まぁ、いいでしょう。おや、前のふたりは、いつぞやの人たちですね」

「覚えがいいな」

「またまた、ごまかそうとしてもだめですって」

「おまえには、なにをいうてもいかぬらしい」

「で、なにを嗅ぎまわっているんです」

「嗅ぎまわってなどおらぬ。ちと、お崎という女が可哀想になったから助けてやろうと、まぁ、そんなところだ」

「もう女は死んでいるじゃありませんか」

「あんな形で命を取られたとしたら、死にきれぬのではないかと思うてなぁ」

「あんな形といいますと、この前おっしゃっていた偽装心中ということですね」

「そのとおりだ」

「でも、いけませんや」

「なにがいけない」

「上で、あれは心中だと決定されてしまいましたから」

「なんと、あれだけおかしな証拠が残っていたではないか」

「それでも、上からのお達しではしかたありません」

元八も、どことなく悔しそうである。一太郎の見立てに賛同していたからである。

「ならどうだ。私たちと一緒に調べてみるというのは」

「ははぁ、そうか、それが目的でうろついていたましたか。さては、あっしがいると予測していましたね」

「親分は、見た目よりも鋭いな」

本来は嫌いな類《たぐい》の面相である。それでも、おだてておけばなにかの役に立つことだろう、

「おだてってはいけません……でも、あっしは表立って動けませんからね。どんな不都合が起きても責任は持てませんが、それでもいいですかい」

「かまわぬ」

「じゃ、知ってることなら答えましょう」

お英の出番は消えてしまったな、と一太郎は苦笑しながら、前のふたりを呼び止めた。

九

お崎が勤めていたのは、三十三間堂前にある、津村屋《つむらや》という店だったと判明した。その調べがついたころ、上からの中止命令が出て、それ以上探索は無用とお達しを受けたというのである。

中途半端な話で、元八としても忸怩たる思いはあったらしいが、結果的に手は出せなくなった。

それでも、深川に足を運んでいたのは、どこか未練があったのではないか、と一太郎は推測する。

津村屋の前に立ち、市太郎たちは二階建ての館を見あげる。印半纏《しるしばんてん》を着た男たちが、あわただしく出入りしている。お崎があのようなことになって、その処理に動いているのではないかと感じた。

こんなとき、お崎について教えてくれと問いかけても、門前払いを食うのは目に見えている。

私が行ってきます、とお英が進み出た。

すたすたと男たちの前に歩み出る。

忙しくしている男たちが一瞬、手も足も止めた。何者が来たのかと気になったらしい。そこに現れたのは、三滝で一番、いや江戸一の女、お英だ。

いったん足を止めたお英は、男たちを見定める。

見た目から口の軽そうな輩を探っているのだ。

男たちは、そんなお英をじっと見つめている。

やがて、お英はひとりの男に向かって進みだした。

二十歳を少し過ぎたくらいだろう、男はお英が自分に近づいてくる様子をじっと見ている。お英は、お互いの顔がはっきり見えるところから、千両の笑顔を見せた。つられて男も微笑んでいる。

一瞬で、男はお英の懐に手繰《たぐ》り寄せられてしまっている。

「まったく、あの女はどんな性格をしているのだ」

本気で栄次郎は呆れている。

お英は、男の前で、ていねいにお辞儀をした。

いきなり男は、お英の手を握った。

栄次郎の怒りが聞こえたと思ったら、なんとお英はその手を引いて、進みだしたではないか。津村屋とは反対方向である。

「あのまま行くと、出会い茶屋だ……」

栄次郎は、動きだそうとする。

それを一太郎は止めた。

お英にまかせておこう、というのであった。不服そうな顔をする栄次郎だが、お英にはお英の考えがあるはずだ。一太郎は栄次郎の肩を、ぽんぽんと叩く。

「お英は、どこに行くつもりだ……」

まさか本気で男を口説こうとしているわけではあるまいなぁ、と心配する栄次郎に、

「旦那みたいな、いいかたですねぇ」

「む……」

今度は怒らずに顔を赤らめた。おやおや、と一太郎は笑うしかない。

お英は、こちらの思惑など気にするふうもなく、出会い茶屋に向かっていく。男はいそいそと手を引かれていく。その姿は、まさに馬子《まご》に引かれる馬である。

とうとう出会い茶屋の前に着いた。


「お、おいおい……門をくぐったぞ」

茶屋の敷地に入っていってしまったのでは、一太郎と栄次郎はそれ以上、近づくことはできない。

「戻ってくるのを待ちましょう」

「しかし、あんなことをさせておいていいのですか」

「お英さんにも考えがあってのことであろう」

「殿さまを蹴飛ばした女ですからね」

その話はやめてくれ、と一太郎はいいたいが口には出さずに、

「しっかりと働いていてくれるのだから、邪推《じゃすい》はやめよう」

うろうろと動きまわる栄次郎を見ながら、一太郎は、この男はお英に惚れているのか、と心配する。仲間同士でおかしな関係ができあがっては、揉め事の種だ。これから大事なところなのに、とそこまで考えて思わず苦笑いする。

――考えすぎか……。

父親とお英の一件を聞いてから、よけいな想像を膨《ふく》らませる癖がついてしまったようだ。

半刻が過ぎた。

ふたりの姿が門から出てきた。

先に出てきたのは、お英である。すぐ後ろを、男が小さな歩幅で追いかけてくる。どうやら、茶屋代を払ってから出てきたらしい。財布を懐に突っこんでいる。

お英と目があった。その目には、仕掛けは上々、と書いてあった。

一太郎と栄次郎は、先に歩きだす。

あとからお英が、小走りで追いついた。

「おまえ……」

横に並ぶと、さっそく栄次郎が睨みつける。

「あら、ご心配していたんですか」

「馬鹿いえ、心配していたのではない。しっかりと仕事をしたかどうか、そこが気になっていただけだ」

「両国で袋物《ふくろもの》を売る水口屋《みずぐちや》さんだそうですよ」

「なにがだ、あ、そうか。お崎の相手か」

お崎の常連で、その名を聞いたことはなかったらしい。それゆえ、いきなりお崎を落籍したいと申し出を受けて、津村屋の主人は驚いたのだという。

それでも商売だ。金を出してくれるなら相手が誰でも関係はない。猿だってかまわない。

両国、水口屋か……と一太郎はつぶやいた。

「それも嘘かもしれませんね」

お英は疑惑の目を向ける。

「そうだったら面倒だな」

偽称のほうが確率は高いかもしれない、と一太郎は答えた。もしそうだとしたら、また糸口が絡まることになる。

そうなったら、また最初からやればいいと栄次郎はいうが、せっかくお英が聞きこんできた成果が無駄になる。

また最初からやり直しすればいいだけだ、とお英はたいして気にしてはいない。たくましい女である。

「まずは、水口屋を探してみましょう」

言葉と同時に、お英は両国に向けて動きだしていた。一太郎と栄次郎が追いかける。先頭を歩くお英を見ていると、まさに、どこぞの女主人を追いかける用心棒ふたりという風情である。

仲良きことはよきことかな……。

十

水口屋は存在していた。

両国広小路の真ん中あたり。間口五件ほどの店だった。一見、それほどの大店には見えない。栄次郎は、これくらいの規模の主人のほうが金を持っているのだ、と知ったふうに持論を披露した。

中途半端な大店では、まわりの監視が厳しいので、金を気ままには使えないというのである。

水口屋の主人に会って話を聞いてみたいと思ったが、いきなり訪ねたところで会ってはくれまい。こんなときはお英の武器も効力を発揮できるかどうか、微妙なところだ。

今度は、一太郎がみずから出向こうかと歩きだすと、お英と一緒に行ったほうがいい、と栄次郎は勧める。

袋物の中心は、煙草入れである。その装飾は金具だけではなく、漆塗《うるしぬ》りや蒔絵《まきえ》。さらに象牙《ぞうげ》を加工した根付《ねつけ》など、その技巧は多種に及んでいる。

金持ちは贅《ぜい》を尽くして特注をする。一太郎なら、そんな贅沢な侍としても引けは取らないだろう。

だが、一太郎はぼんやりしすぎて、肝心の話を忘れてしまうかもしれぬ、と栄次郎はいう。

そうか、とむっとするわけでもなく、では頼むと一太郎はお英に頭をさげた。

お英はほっこり顔で、

「父上より、ご立派です」

「やめてくれ……」

水口屋の主人は順次郎《じゅんじろう》といい、頭の禿げた男であった。最初は商品を物色していたふたりだったが、しばらくしてお英が口火を切った。

お崎の名を出してみたのである。すると、順次郎はまたその話か、と辟易《へきえき》した顔をしながら、御用聞きが訪ねてきて閉口している、という。

そんな女の名前は聞いたこともなければ、櫓下など行ったこともない、というのである。

「行くなら吉原です。そんな鼻がもげそうなところには、行きたくはありませんからねぇ」

お英がいながら、そんな台詞を吐いた。その言葉に嘘はなさそうである。

「では、名を騙《かた》られたということですね」

「大体の見当はついているんですよ」

嘘をついたのは、甥の九次郎《きゅうじろう》に違いない、というのである。

この店は以前、自分の兄が仕切っていた。しかし、三年前に病で倒れてしまい、甥はまだ力不足だからといって、弟の自分が跡を継いだ。

「九次郎はそれを恨んで、なにかと嫌がらせを仕掛けてくるのです。最近は深川で万治《まんじ》とかいう悪い連中と付き合い、七人くらいで騙りやこそ泥など悪さをして、鼻つまみ者になっていると聞きました」

それはいけませんねぇ、と一太郎は心底から同情を見せる。

てきとうに商品を買って、礼を告げた。

購入した煙草入れを、栄次郎に渡す。

「これは……」

象牙の根付に、入れ物は蒔絵作りの代物である。

もらうわけにはいかないと辞退する栄次郎に、一太郎は今後、いろいろ危険な目に遭う場合があるかもしれぬから、よろしく頼む、と頭をさげた。

「若さまのよさはそんなところにもありますが、それがまた欠点にならなければいいのですけどねぇ」

お英が心底から心配そうに告げた。

「なに、心配はいらぬ。頭脳は大輔。腕と度胸は栄次郎。そして、なにより最強の武器はお英だ。この三人がいたら私の欠点など、簡単に埋めることができる」

お英は笑みを浮かべて、ささやいた。

「殿さまよりご立派です」

やめろ、といいたいが苦笑するしかない一太郎である。

根津に戻ると、大輔が、お待ちしていました、という。

元八が来て、なにやら謎の言葉を置いていったというのである。

「ちょっと待て。どうしてこの屋敷を知っておるのだ」

栄次郎が叫ぶ。

「私も疑問に感じて問いただすと、やつはへへへと嫌な笑いを見せて、あっしはこういう者ですからねぇ、と十手を見せたんです」

「ううむ、十手を使って私たちを調べたというのか」

「小者を使って、あとをつけさせたのかもしれませんね。私たちの名前も知ってました。あんな顔をして、けっこうやり手かもしれません」

迂闊《うかつ》だった、と栄次郎はいう。剣術使いとしては最低だ、とさらに自分を責めるが、一太郎は、ばれたらばれたまでのこと、と達観している。

「やつはどんな言葉を残していったのだ」

「三十三間堂の緑組《みどりぐみ》。それだけです」

「はい、捕物帳を調べてみました」

緑組という名前が乗っていないか探したというのである。

「ありました。ここ二年くらいで、深川で力をつけてきた万治という男を筆頭にした七人組です。首に、緑の手ぬぐいや紐を巻いているところから、その名で呼ばれているそうです」

緑組……そういえば、と一太郎は目を細める。

「あの心中で、手をつなぐために使われていた紐の色も、緑であったぞ」

「当たりかもしれませんねぇ。水口屋さんの甥っこ、九次郎がその仲間になっているなら、さらに疑いはありませんね」

嬉しそうにお英が応じた。

「これで叩く敵が見えたな」

「ひとつ重要な問題があります」

大輔は付け足した。

「九次郎の兄が、北町の筆頭与力なのです」

「謎が解けたな……」

一太郎の言葉に、三人も大きく頷いた。

大輔はすぐさま紙を取りだし、数字を書きはじめる。敵の人数を四人のとき、五人のとき、六人のときと、こちらの動きを線で引っ張り続けた。

なにやら図形ができあがったときにいった。

「よし、これで勝てます……六人までなら勝率は八割。七人になったら四割五分に減ります。ただし、これは広い場所で、という基準を満たしている必要があります」

「おまえのその面倒な数字など、どうでもよい。戦いは腕と度胸だ。最後は命を張れば勝てる」

栄次郎は、数字で戦うわけではない、という。

「野蛮ですねぇ」

大輔の言い分にも一理ある。いまの時点では、戦う人数ははっきりしていない。六人までなら勝てると大輔は見立てたが、七人全員を相手にしたら負ける危険もある。

「六人以上ならどうする。そもそも七人組なのであろう」

一太郎が問うと、

「元八に手伝ってもらいましょう。それで勝率は八割九分まであがります」

「数字はいらぬというておるのに」

「それでも、最後は私の計算に助けられますよ」

大輔は毅然としていい放った。

捕物帳によると、緑組のねぐらは三十三間堂の前に建つ、もとの女郎屋だという。店が潰《つぶ》れて空き家になっているところに、入りこんでいるという。

策もなくそこに討ち入ったところで、危険にさらされるだけだろう。

大輔は、やつらを引きつけましょう、といった。

「その策は」

「こんなときは、あまり策を弄《ろう》さないほうがうまくいきます」

大輔は、お崎の件で話があると投書をして、決闘したいと申し出ればいいという。

「決闘だと」

「お崎の敵討ちをしたいとでも書いて、送りつけるだけでいいでしょう」

「やつらが、のこのこ出てくるというのか」

「来ます。徒党を組んでいる乱暴者などは、頭の弱い連中ですから」

「はっきりいうやつだな」

「あんな連中に尊敬などいりません」

それはそうだが、と栄次郎は呆れながら、

「では、決闘の場所はどこにする」

石切場です、と大輔は答えた。

「あそこなら、ちょっと開けた場所がありますし、石が並んでいるところはせまい。土地を優位に使えば十分戦えます。これから戦いのための策を教えますから、しっかり聞いてください」

相手がひとりのときは、戦うのは栄次郎。

ふたりのときは、栄次郎が本命に対峙して、もうひとりは大輔とお英。

三人なら、本命は栄次郎で残りのふたりに、大輔、お英、一太郎がひとかたまりになって対処する。

それ以上なら、栄次郎は三人、そして、お英と一太郎が組みになり、ふたりでひとりを相手にする。大輔は援軍。

これで相手は六人。

敵が七人全員出てくるとも考えられるから、できれば元八に助太刀を頼む。

「ちょっと待て、お英まで人数に入れておるぞ」

一太郎が話を切る。

「おそらく、お英さんは武芸をおやりです。でなければ殿さまの後ろを取って、蹴飛ばして蛙のように潰すことなどできません」

「なんと……おまえはあの話から、そんなことを察知していたのか」

「これも数字から導いた結果です。覆いかぶされそうになったときは、だいたい六割は胸を押し返します。二割は身体を丸めて防御します。二割は、武道の心得があり、後ろを取ります」

「お英はその二割だというのか……」

当のお英は、にやにやしているだけである。

「……そういうおまえは戦えるのか」

「伝えておりませんでしたが、私は棒術を使いますからご心配なく」

「うううむ、私は修行が足りぬ。まったく気がつかずにいた」

「人は表が八割。残りの二割は、けっこう隠された力を持っているものです」

「それは不正を働いて得た結果か」

栄次郎の揶揄にも、大輔は気にかけずに、

「栄次郎さんがいちばん大変です」

「おれを誰だと思っておる。水切りの剣の使い手だ。負けるわけがない」

「水に滑って足を取られないようにしてください」

「おまえは、ことごとく気にいらねぇやつだ」

「気に入られたくて策を練ったわけではありません」

「くそ……あぁいえばこういいやがる」

十一

風が強かった。

樹木がなければ草も生えていない。風情のない石切場である。舞う木の葉もなければ散花もない。砂埃が小さな竜巻を作りだしているだけである。

元八に向けて、深川の自身番に文を残しておいた。助太刀に来てくれるかどうかはわからない。味方かどうかもはっきりしてはいないのだ。しかし、ひとりでも助太刀がいるかどうかは、戦いに差が出る。

明け六つの石切場である。

世間は、ようやく店の大戸を開くころである。

そんなときに、この場で決闘がはじまるとは、誰も思いはしない。

見物客がいたら、石の陰や材木の後ろに人が隠れていると気がついただろう。

緑組の連中である。

そして……ひとつだけ、大輔に誤算があった。

敵は八人になっていたのである。堂々とした態度でこちらを待っている。

「あの黒紋付は八丁堀ではないのか」

驚きの声をあげた栄次郎に、一太郎が気をつけろと注意する。

栄次郎を先頭に大輔が続き、最後に一太郎とお英は並んで石切場に入った。

八丁堀は仁王立ちしており、そのまわりで四人が控えている。そのうち、雰囲気が異なる男がいる。おそらく、頭の万治だろう。残り三人は、身をひそめているようだ。

「決闘とは、やりかたが古いぞ」

八丁堀が先に声を出した。元八を殴り飛ばした与力であった。

「だがな、ここで引き返したら不問にしてやるが、どうだ」

「なにを不問にするというのです」

大輔が前に出て応じた。

「おまえは馬鹿か。おれが誰か、気がつかぬはずはあるまい」

「犬ですね。それも芸のできない馬鹿犬です」

「なんだと……」

八丁堀は顔を真っ赤にしながら、小僧め、と叫んだ。

「黙っていればいい気になりやがって。八丁堀を敵にまわしたらどんな結果が待っているか、わかっているのか」

「わかりません」

「たいした罪でなくても、首斬り獄門。明日は三尺高ぇところにその首がさらされるんだ」

「それは無理ですね。あんたが罪状を決めるわけではない。決めるのはお奉行さまです」

「おまえ、死にてぇのか」

「問われたから答えます。死にたくありません」

「くそ……」

八丁堀の権威を見せつけたら、首をすくめて逃げ帰るとでも考えていたのだろうか。そうだとしたら、相手が悪かった。

「偽装の心中だと気がついたまでは褒めてやる。だが、そこから敵討ちなどと、くだらねぇ策を使ったのは馬鹿だったたな。だいたい、おめぇたちはなんだ。隠密同心だ、などというくだらねぇ話はなしだぜ」

「お崎の姉ですよ」

後ろからお英の言葉が飛んだ。さっと前に出てきたと思ったら、上着を投げ捨てた。下は白装束であった。白い小袖《こそで》に白襷《しろだすき》、額に鉢巻《はちまき》を結んだ姿は後光が差している。

一太郎は、いつの間にそんな姿になっていたのだ、と呆れてしまう。どうも、この仲間たちのやることとは予測がつかない。

輝かしい白装束のお英を見た八丁堀は、目を見張る。あきらかに、お英が放つ光に魅了されている。

「おっと、つい目が女に向いてしまった。こんなことでごまかされたんじゃ、八丁堀の名折れだからな。そんな格好を見たからといって、恐れ入りましたとひざまづくと思ったのか」

「覚悟」

八丁堀の言葉が終わらぬうちに、お英は打ちかかっていった。

それがきっかけで、場は乱れはじめた。

八丁堀を守るように囲んでいた四人が、いっせいにお英めがけて集まったのだ。

すぐさま大輔が間に入る。

栄次郎は、八丁堀の前に進み出た。

「おまえが相手になるのか」

八丁堀がかすかにさがった。

「名前を聞いておこう」

「人の名前を聞く前に、名乗るのが礼儀だろうぜ」

「……奥州三滝浪人、浅村栄次郎」

「北町筆頭与力、北林長九郎《きたばやしちょうくろう》」

後ろから一太郎が叫んだ。

「あの心中の刃は、腕の立つ侍のものだ。偽装のために胸を突いたのは、おまえだな」

「さぁなぁ。そんなこともあったかもしれんなぁ」

「弟のためか」

「そんな話を聞いてどうする」

「木更津の与助と、なんらかの確執があったのか」

「ふん、おめぇはなにもわかっちゃいねぇ」

「となりにいるのが、頭の万治だな」

「あぁ、おれが万治だが、それがどうした」

「もうくだらぬ世間話は終わりだ。覚悟」

八丁堀は叫ぶと同時に、雪駄《せった》を脱ぎ捨て足袋跣《たびはだし》となった。すっと構えたその姿を見て、神道無念流《しんとうむねんりゅう》か、と栄次郎はつぶやく。

――強い。大輔たちを助ける余裕がない。

栄次郎も草履を脱いで、足場を固めた。

ふたりは、青眼《せいがん》に構えたまま動きを止めた。一太郎の追及は、そこまでだった。

万治らしき男が移動をはじめた。残りの三人のうちひとりが付き添った。

お英がお崎の姉だと叫んだときに、いちばん驚いていたのは万治である。津村屋を訪ねてお崎の落籍《かくさく》を画策したのは、万治なのかもしれない。

待てと叫んで、お英が追いかける。

大輔はまわりの備えをはかりながら、お英を追った。一太郎は自分の立ち位置を把握しようとする。万治は、お英と大輔にまかせておけばそれでいい。

目的は、お崎を殺した下手人を捕まえることだ。仇討ちとはいっているが、殺すつもりはさらさらない。無駄な戦いもしたくはない。

万治についていった敵は、ひとりである。一太郎の前にふたり。

「このままでは、勝ち目の数値はさがる一方だぞ」

大輔、お英と三人かたまってひとりずつ倒すという目算だったはずである。

だが、いまお英は万治を追いかけ、大輔はその後ろを走っている。一太郎は孤立していた。


わっと叫んでお英は、横っ飛びをした。万治を追いかけていく途中で、小屋の後ろから、刃物を手にした男が飛びだしてきたからである。あらかじめ身をひそめているとは思っていたが、お英はあわてる。

すぐ大輔が追いついて、回転させた棒の先が股間を薙ぎ倒し、男は悶絶する。

お英が持っている武器は、木刀の小太刀であった。

その顔を見た瞬間、男たちは戦意を失う。

お英は、自分の武器を意識しているらしい。ちらちらと視線を男たちに向けては、科を作ったりしている。

それだけで男たちは腰砕けになる。お英の小太刀が奴らの脳天をぶっ叩く。それで終わりである。大輔の見立ては間違ってはいなかったのである。

一太郎の姿が見えない。

大輔は、しまった、と叫んで、栄次郎が八丁堀と対峙している場所まで駆け戻った。案の定、一太郎はじりじりとさがり続けていた。

相手は、ふたりだ。一太郎には荷が重い。

すぐさま大輔は、ひとりに向かって六尺棒を回転させて近づいた。風を切る音が、虚仮威《こけおど》しにもなっている。

大輔が来たおかげで、一太郎の気持ちにも余裕が生まれたらしい。ずりさがっていた足を止めて、敵に向けて青眼に構えた。

少々、屁っ放り腰ではあるが、それでも、幼きころから習っている剣術の腕はひとりくらいなら倒せるだけの力はある。

すとんと前に飛びだした、一太郎の切っ先が敵の腰をとらえた。右に薙ぎ倒すと、敵はわっと叫んでその場にうずくまる。

「お見事」

と叫びながら、大輔は残りのひとりの股間を打ち据えた。

一太郎は、お英はどうしていると聞いた。

「ここにいます」

敵をやっつけて戻ってきたのだった。

だが、後ろから男が駆けつけてきている事実に気がついていない。隠れていた緑組の男は、まだふたり残っている。そのひとりだろう。棍棒を掲げて、お英の背中に飛びかかろうとしている。

「危ない」

棍棒の先端が、お英の頭を叩き割ろうとしたそのとき、鍵型の物体が飛んできた。それが男の額にぶつかった。鉤《かぎ》状のものには縄紐がつながっていた。するすると戻っていく。

十手だった。

「元八……」

「遅くなりやした。もっと早く来るつもりでしたが、途中で北村旦那の手下たちに邪魔されまして」

元八の腕から、血が流れ落ちている。

「怪我をしているではないか」

「かすり傷ですからご心配なく」

北村が唸《うな》り声をあげている。

「やはりおまえが後ろにいたのか」

「旦那……緑色の紐を使った手は、失敗でしたねぇ」

「私がやったわけではない」

「それにしても、旦那があまりにも出張るのが早かったので、どうしたのか、と疑問に思いましたからね。緑の紐を見て、あぁ、と得心したんですよ」

どうやら元八は、最初から北村兄弟と緑組に目星はつけていたらしい。だから現場で北村を睨みつけていたのだ。

その目を嫌がって、北村は元八を殴ったのだ。

「栄次郎さんといいましたね。殺さずに生け捕りでお願いしますぜ」

「勝手なことをいうな……」

「加勢しましょうか」

「馬鹿をいうでない。これは剣術家同士の真剣勝負だ。町方の出る幕ではない」

「北村の旦那は、八丁堀ですけどね」

へへへ、と嫌な笑いを見せる元八に、栄次郎は、剣術家とはどんなものか、しっかりと見ていろ、と叫んだ。

北村が、青眼から上段に構えを変えた。

切っ先が頂点に届く寸前だった。

栄次郎の身体が、天を駆けのぼった。

十二

栄次郎が着地した瞬間、北村の身体は地面に突っ伏していた。瞬く間もなく起きた出来事のため、一太郎の目には、ふたつの影がもつれ落ちたようにしか見えていない。

「お見事」

大輔とお英のふたりが同時に叫んだ。

見えなかったのは、一太郎だけらしい。

北村は首を押さえている。うっすらと血が滲《にじ》んでいた。元八はすぐさま北村に近づき、縄を打った。

「旦那……悪い弟を持つといけませんねぇ」

「おまえ……いつかその首をへし折ってやる」

九次郎はどこだ、と栄次郎が叫んだ。

いままでそれらしき男とは遭遇していなかった。どこかに隠れているのだろう。

万治はお英の小太刀で眠り、隠れていた男も一緒に眠っている。

大輔が倒れている人数を確認すると、七人である。

「元八、九次郎の顔を知っておるか」

「へい、そういえばここにはいません」

そういえば、とお英が叫んだ。

「私が待ち伏されたところに、小屋がありました」

「そこに隠れているかもしれぬのか」

「行ってみましょう」

元八が先に走りだした。大輔、お英が続き、最後が一太郎だった。栄次郎は北村が逃げぬように見張っていると残った。

道具小屋だろう、三人も入ったら満員になりそうだ。

大輔が節穴に目をつけると、なかから音が聞こえた。誰かいるのは間違いない。

「出てこい」

大輔が叫んだ。皮肉と揶揄ばかりしている人間とも思えぬ行動力である。

──なるほど、見かけに騙されてはいかぬ……。

こんなところで感心している一太郎に、お英は不思議そうな視線を送る。

「なにか発見でもありましたか」

「あいや、そうではない。人はおもしろいものだ、と考えていた」

「こんなときにですか。おもしろいのは若さまです」

苦笑してから、一太郎は大輔に戸を開けよと命じた。

心張り棒でもかかっているのか、苦労をしていると、ちょっと待ってといって、お英がその辺をうろつき大きな石を運んできた。

大輔に戸から離れるように告げると、石を引き戸に向けて投げつけた。

大きな音がして、ぶつかった場所がへこんだ。

今度は私が、といって大輔は石を抱えると、投げずに叩きつけだした。

がんがん続けていると、やめろ、となかから泣いているような声が聞こえた。

戸が開いて、若い男が出てきた。目つきが北村と似ている。

「おまえが九次郎だな。この事件の鍵を握《にぎ》っているようだが、私にはどうでもよい。探るのは元八の仕事だ。許せぬのは、かかわりのない女を犠牲にしたことだ。理由はなんだ」

一太郎の問いに、うるせぇ、と九次郎は暴れまわるだけである。大輔の六尺棒が股間に入った。九次郎が悶絶してのたうちまわっていると、元八は九次郎に向けて叫んだ。

「おめぇが、木更津殺しの本星だ」

「なんとそういうことか……これで判明した。おまえを探して与助が江戸にやってきた。窮地に陥ったおまえは、兄の与力に相談をしたのだな。与助殺しなら探索がはじまるだろうが、心中としたほうが奉行所内でも処理が早い」

「そんな裏があったのねぇ」

お英が北村を睨みつけ、一太郎は続けた。

「どうしてお崎を選んだのか、私にとってはどうでもよい。私たちは町方ではない。ただ、お崎の恨みを晴らせたらそれでよいのだ。元八」

「へぇ」

「こやつをふんじばれ」

「合点だ」

北村を見張っている栄次郎のところに戻ると、なんと栄次郎が長細い石に腰をおろし、泣きじゃくっているではないか。

どうしたのか、と一太郎が聞くと、さっきの戦いで、いただいた煙草入れが真っ二つになってしまったというのである。

「そんなことで泣いていたのか」

純情な男だ、と一太郎は笑うしかない。

「申しわけありません。せっかくいただいたのに」

「なに、これでおまえの命が助かったのだ。安いものではないか」

「しかし……」

「栄次郎、他の者たちもよく聞くのだ。私はお田鶴の方に嫌われておる。藩の重鎮のなかには、仁丸を後継者にしようとする家臣もいる。最初、私は身を引いてもかまわぬと考えてみたが、しばらく経ったら、どうにも腹が立ちだした」

「それが普通ですよ」

お英が頰を膨らませている。

「三歳の幼子に負けるわけにはいかぬ。そんな考えに至ったとき、居酒屋の話を振られてしまった。父はお田鶴の方の手前、そんな策を練られたのであろう。ならば、やってやろうではないか、と腹をくくった」

「懸命なご判断だと思います」

栄次郎は、顔をくしゃくしゃにしながらうなずいている。

「少し寄り道をしてしまったらしい。だが、今回の件で、みなの性格がいろいろ見えた。そして私は思った」

「はて、いまさらなにを思うんです」

お英の問いは、みなの気持ちでもある。

「初めは嘘偽りなく、ひと癖もふた癖もある者たちだけが集まり、まともに話が通じるのかと心配であった」

「そうでしょうねぇ」

お英が笑みを浮かべると、栄次郎はぐすんと鼻を鳴らす。大輔はじっとしているだけである。

「いまは、みなが好きだ、愛おしさすら感じるようになった。好きな仲間ができた。今後が楽しみになった。よろしく頼む」

ていねいに頭をさげる一太郎を見て、栄次郎はおいおいと泣きだした。お英も涙を浮かべている。大輔は、また数字でも頭に浮かべているのか、表情を動かさない。

少し離れたところにいた元八が寄ってきた。

「へへへ、旦那。いまの話、聞かなかった……てなわけにはいきませんぜ」

「金でもせびるつもりか」

「見損なっちゃぁいけません、こう見えてもあっしは、江戸一の御用聞きですぜ。そんなけちなことはしませんや。まぁ、腹のうちにはおさめておきましょう。いずれにしても、今回は助かりました。またよろしくおねげぇしますよ」

「こんな無駄な戦いは、これでおしまいだ」

「居酒屋商売ですかい。では、あっしも小さな力をお貸ししましょう」

「いらぬ」

「ご遠慮しなくてもけっこうですぜ。じつは……」

それからの話は、仰天の連続であった。

なんと元八は、あちこちに土地を持っている地主だというのである。それだけではない、貸家の大家でもあるという。栄次郎はぐすぐすやりながら聞いていたが、座っていた石から飛び跳ねた。

「おまえは地主なのか」

「まぁ正確にいえば、親から継いだだけですけね」

「ならば」

「へへへ、わかってますよ。どこかに居抜きでも使える店がないか、というのでしょう。ちょうどいい物件があります。場所は神田明神下です。格安にてお貸ししますよ」

「……本当か」

「あっしは八丁堀の旦那衆や同僚の嫌われ者ですけどね。それでもよければ」

「表の見た目八割ですが、いつも残りの二割には驚かされる」

大輔がつぶやいた。

「よし、これで決まった。店は神田明神下。すぐ父上に報告にあがるとしよう」

「おめでとうございます」

三人は口々に快哉を唱えながら、一太郎に頭をさげた。その姿を見て、一太郎はつぶやいた。

——仲良きことはよきことかな……。

さらに、つぶやいた。
――仁丸に負けてたまるか……。

第二話　妹の死

一

神田明神を根城とする御用聞きの元八は、大地主であった。

こんな偶然があるのか、と一太郎は天に感謝しながら、父の三滝宗久に報告をした。もちろん、無理心中の話は隠したままだ。

屋敷を出た途端に、町方の真似事をしたなどと、告げられるわけがない。

お田鶴の方はこれ幸いと、不浄《ふじょう》役人の真似をしたような人が後継者では世間体が悪い、とでもいいだしかねない。

開店に向けて滞《とどこお》りなく準備中だと告げると、父は単純にそれはよかった、と喜んでくれたが、お田鶴の方は口をへの字にしたままである。

仁丸はまだ幼い。お田鶴の方の胸に頭を乗せて眠っている。

そんな姿だけを見ると、こんな幼子を敵視するとは、人品卑しからずの若さまともいえぬ、と己を笑うが、ここでくじけるわけにはいかない。

今後の予定を聞かれて、大輔が刻んだ数字を披露する。

店は居抜きだったために、大工が入ったとしても壁を修復したり、入口の暖簾《のれん》を新調する程度の直しである。

「半月もあれば、開店できると思います」

「ふむ。どの程度の広さなのだ」

「はい、八坪ほどです」

「それが大きいのか小さいのかよくわからぬが、まぁ、とにかく開店の予定が見えたのは重畳《ちょうじょう》である」

「ありがとうございます」

「よいか、目的を忘れたら困るぞ」

「わかっております。借金まみれで、首がまわらず貧乏なお家を立て直すためですから」

言葉を重ねたのは、贅沢をしたがるお田鶴の方を意識してのことだった。

案の定、お田鶴の方のへの字は、ますます深くなっている。

一太郎はさらに、居酒屋で稼いだ金を、民のために有益に使っていただけると嬉しい、と続けた。

「素人がそんな店を開いて、果たして儲けることができるのでしょうか」

お田鶴の方は一太郎を睨みつける。自分に対する嫌味だと感じているのだろう。巻き返しを狙っているのだ。

「さぁ、それはまだ開店前ですから、なんとも」

「おや、それは困りますよ。商売というのは、はじめる前の準備が大切なのではありませんか。仕入れがいくらとか、なんとか。私はくわしくはありませんが、そのくらいの計算はしているのでしょうね」

「もちろんです。ここに、その計画が書かれた紙類があります。いまからお見せします」

大輔が書き散らした紙である。

三角形やら円形やら、四角形やらの間に縦横無尽に線が引かれていて、数字がびっしりと書きこまれている。

「もと勘定方にいた深田大輔が作った予算図式です。母上、どうぞご覧になってください」

お田鶴の前に押しだした。宗久がのぞきこむと大笑いする。お田鶴は苦虫が百匹いるような顔つきだった。

「なんですこれは、ふざけているのですか」

「まさか。これは大輔が三日三晩考えながら作った策ですからねぇ。母上にも、しっかり見てもらいたいとお持ちいたしました」

「いりません」

大きな声を出したためか、仁丸が目を開けてぐずりだした。

「ほらみなさい。仁丸まで嫌がっております」

——関係あるまい……。

「仁丸どのの機嫌が悪くなったようなので、ここで退散いたします」

「どこに行くのだ」

宗久が引きとめようとする。居酒屋をやれといったのは己ではあるが、本当に動きはじめた姿を見て、心配になったらしい。

「仲間たちは、いまある場所でいろいろと店について練っているところです」

「どこなのだ、それは」

「湯島坂下です」

立ちあがると、宗久が止めるのも聞かずに、ふたりの前から姿を消した。

店は神田明神下だが、みながいるのは店ではない。元八が当分住んでいいと提供してくれた、しもた屋である。

湯島坂下町にあり、家賃は出世払いである。

「出世など、するかどうかはわからぬぞ」

「へへへ、奥州伊達家の御親戚でしょう。三滝家が潰れたら、伊達さまからいただきますから、ご心配なく」

「ううむ、三滝は一万石しかないが、本家は六十二万石である。規模が違う」

「ですからあっしもね、へへへ、あまり心配はしていません」

せちがらいのぉ、と一太郎は応じるしかない。

坂下町の仮住まいに戻ると、元八ひとりで待っていた。

ほかの者たちは、店内の掃除や細々とした整理のため、出かけていったところだったのである。

「ところで元八」

「へぇ、なんです」

「私はおまえが嫌いであった。その顔が嫌いなのだ」

「……それはまた、どういうご趣旨の話です」

「じつは私はこう見えて、幼きころはいじめられていたのだ」

「ははぁ」

一太郎は、庶子でありしかも母の身分が低いために、すぐ館には呼ばれなかった。藩からは必要な金子は母に届けられていた。

おかげで、剣術の稽古や手習いなどを習うことができたのだが、幼きころはいまよりぼんやりしていたらしい。

「剣術の道場に行くと、いつも私を待っていたやつがいた」

「へぇ、どうも女じゃありませんね」

「男だ。それも、おまえそっくりの鼻高の顔をした男だ」

「ははぁ」

「その男がなぜか私を待ち伏せして、顔を見ると相撲を取ろうと挑んできた」

「それはいじめなんですかねぇ」

「みなそう問うが、待ち伏せされてしかも相撲を取ろうと、抱きついてくる。いや、もちろんおかしな気持ちなどない。私を投げ飛ばしたくてしかたがなかったのだ」

「そうですかねぇ。旦那に惚れていたんじゃありませんかい」

「馬鹿なことをいうな」

「あっしは惚れましたけどね」

「本当か」

「もちろん、このかたは将来、金になる、という意味です」

「それは嬉しい」

「……なぜです」

「これから金を稼ぐために居酒屋をやるのだ。おまえの見立てでは、私は金持ちになるのでろう。ふむ、これはすでに成功したも同然である」

「……旦那」

「なんだ」

「相撲取りましょうか」

「……やめておこう。勝ったら天狗《てんぐ》になりそうだ」

おちはいらねぇ、と元八は薄ら笑いをしてから、

「じつは、あっしもいじめられていたんでさぁ」

「ほう、それは知らなかった」

「話してませんからね。こんな塩梅《あんばい》です」

元八の家は代々、江戸のあちこちに土地を持っていた。先祖はけっこうな武家で、そのときにもらった屋敷の跡地だということのようだが、いまとなっては、詳細はわからない。

とにかく土地持ちだという事実は、元八の子ども生活に影響を与えていた。まわりの鼻垂れ小僧たちとは一味違う生活をしていた元八である。友人たちは小遣いなどもらったことはないが、元八は家を出るときにはかならず、一分銀を持たせられていた。

普段は使わず、迷子にでもなったときに使え、といわれていたのである。一分銀あれば、駕籠にでも乗って帰ることができるというのである。

しかし、金を持った子どもが、そんないいつけを守るわけがない。つい、買い食いをしたり、見せ物小屋に入ってみたりと、使いこんでしまう。

親は、子どものことだからしかたがないだろう、と鷹揚《おうよう》であった。

元八がよくなかったのは、その小遣いを自分のためにしか使わなかったことだ。団子を買っても食べるのはひとり。お化け屋敷に入るのもひとり。

桃《もも》という名の妹がいて、一緒のときはふたりで団子を食べる。お化け屋敷にも行く。長命寺《ちょうめいじ》の桜餅《さくらもち》も食べる。

「でも、友達には、いっさい奢《おご》ることもしませんでした」

「それはおまえ、いじめられてもしかたがない」

「へぇ、いま考えるとそうだろうなぁ、とわかりますが、当時はまだ十歳程度でしたからね」

「妹はいまどうしておるのだ」

「死にました。いや、卯助《うすけ》という野郎に殺されました」

「なんと……」

「じつは、殺されたと判明したのは、つい数日前のことなんです」

どういうことか、と一太郎は身を乗りだした。

二

真夏のある日、妹は水遊びに行った。

卯助は、悪童仲間のひとりだが、元八たちより五歳も年上である。そのため、子どもたちだけで出かけても、大人たちとしても、あまり心配はしていなかったようである。

「あっしにはね、内緒で連れていかれてしまったんでさぁ」

卯助は、元八の目がないところで、妹に悪さを仕掛けようと狙っていたようであった。

妹は、元八もあとから来ると騙《だま》されていた。一緒に出かけた連中は、普段から元八を心よく思っていないやつらだった。

場所は王子《おうじ》滝野《たきの》川《がわ》である。

このあたりは、普段から大人も子どもたちも水遊びをする場所として知られている。川のそばに大きな縁台《えんだい》を設けて、そこで酒を飲む大人もいた。そのために桃もあまり危険を感じなかったのかもしれない。

卯助は、岸にもやっていた小さな船を見つけた。溺れるような子どもがいたら、それで救いだすためのものかもしれない。

それを持ちだし、みなで乗りこんだ。

卯助は、船のへりに桃を立たせた。

水底まできれいに見えるぞ、と誘ったのだ。

桃は縁《ふち》に身体をあずけて、水底をのぞこうとした。

そのとき、卯助が船を揺らしはじめた。仲間たちもおもしろがって揺すり続ける。

そして……。

「桃は船から落ちたんです」

不幸なことに、ほかに人はいなかったという。

「だけど、卯助と竹松《たけまつ》という野郎は、助けずにその場から逃げだした。ほかのやつらも、怖くなって一緒に逃げたんだ」

苦しそうに元八は吐きだした。

「……どうして、そこまで見てきたような話ができるのだ」

「つい数日前のことなんですがね」

見まわりのために神田から不忍池に向かって歩いていると、声をかけられた。見た顔だと思ったら、竹松だった。親は小梅のほうで百姓をやっている男のはずだった。

胸前を開いて崩れた格好をしているところを見ると、家は継がずに遊び人になっているらしい。

「ひさしぶりだなぁ。元八、おめぇ、いい顔になったらしいじゃねぇかい」

「そんなことはねぇよ。いまでも仲間たちからは嫌われている」

「ふ、そうかい。ところで、おめぇが知らねぇとんでもねぇ話があるんだが、どうする」

手を出しながら、竹松は下卑《げび》た顔をする。

「俺が知らねぇ話だと。なんだい、それは」

「ふ、桃に関する話だ」

「なんだって」

意気込んだ元八を見ながら、武丸は口を歪《ゆが》ませて、

「妹が死んだときの話を、きちんと聞いたことがあるかい」

「卯助が教えてくれた。船の縁から身を乗りだしたときに、誤って落ちてしまったってな」

「その話を信じているのか」

「卯助の家は、親父がお得意にしていた大店《おおだな》だ。親父から卯助が事故だといっていたと聞かされて、くわしく知りたかったんだが、止められたんだ」

「そうだろうなぁ。卯助としては、そんな話しかできなかったんだろうよ」

「どういう意味だ」

「あれは、事故なんかじゃねぇぜ」

「なんだって」

竹松は腕を突きだした。元八は手のひらに二朱金を乗せる。

「さすが、江戸一の親分だ」

「早く教えろ」

竹松は薄ら笑いながら話したという。反省や後悔の念などは感じることができなかった。

いま、卯助は下谷で家業の酒問屋を引き継ぎ、手広くやっているそうだ。

「おめぇはいま、どうしているんだい」

「おれか、まぁ、見た目どおりの遊び人よ」

「博打《ばくち》ばかりやっていそうだな」

「あぁ、おめぇのように金を使って御用聞きにはなれねぇしな」

ねぐらを聞くと、門跡前だと答えた。

「なにかあったら、聞きにいくかもしれねぇからな。そのときはまた頼むぜ」

「あぁ、金さえ持ってきてくれたら、なんでも答えるぜ。それにしても、おめぇの妹はもったいなかった。あのまま大きくなったら、いまごろいい金で売れていただろうぜ」

　そこまで語ると、元八はため息をついて、

「殺してやりてぇと思いました」

「その気持ち、わかるぞ」

「そうだ、旦那……」

「どうした」

「敵を討っておくんなさい」

「なにを言いだす」

「偽装心中をあざやかに解決したんだ。その才を使って、卯助と竹松を罠にはめておくんなさい。殺さなくてもいい。卯助が没落するような仕掛けを考えてくれたら、それで手を打ちます」

「……しかし」

「家賃をあげてもいいんですぜ」

　にやりとしながら、元八は高い鼻を掻いた。

「足元を見たな」

「へへへ、あっしは蛇《へび》使いの元八ですからね」

「そうなのか」

「いま、思いつきました」

栄次郎たちが戻ってきた。そろそろ夏ということもあり、汗を流しながらの帰還だ。

掃除や整理はうまくいったのだろう、三人とも笑みが浮かんでいる。

——仲良きことはよきことかな。

三人が、元八の姿を認める。

「なんだ、もう家賃の催促にきたのか」

皮肉混じりに栄次郎が問うが、元八はうっすらと涙を浮かべている。

「む、これはすまなかった。なんとかして家賃を払うから、泣くのはやめろ」

冗談ともつかぬ言葉に、お英は、なにをいっているんです、と栄次郎の肩を叩く
「元八さん、どうしたんです、あなたらしくもない」

「妹さんが亡くなったのだ」

一太郎が涙の説明をする。桃という妹が騙されて死んだとわかり、三人は気持

ちが暗くなった。

「……それは、ご愁傷さまです」

ていねいに腰を折るお英に、元八はすまねぇと頭をさげてから、

「亡くなったのは、いまから十年も前の話ですけどね、最初は事故だと思ってい

たんですが、それが最近、殺されたと判明したんでさぁ」

「妹さんは本当に殺されたのか」

「竹松は馬鹿ですけど、嘘をついてもしかたがねぇですから、本当の話でしょう。

金が欲しくて嘘をついたとも思えません」

栄次郎は元八を見つめる。その目は冗談をいって悪かったと伝えているようで

ある。

また大粒の涙が、元八からこぼれ落ちた。

「いま一太郎の旦那に、敵討ちをお願いしていたところです」

「それはいい。おおいにやろうではないか」

「また、そんな無責任な」

栄次郎が張りきっている姿を見て、大輔が水を差す。

「私は知りませんよ」

「大輔……おまえには人の気持ちはないのか」

「さぁ、どうでしょうねぇ」

「近頃の若者はなっておらんな」

　こらこら、と一太郎は口をはさんで、

「仲良くしてもらわねば困るぞ。どうだ、大輔、いまの話を聞いてどう感じたのだ」

「さぁ、私に妹はいません。だから殺されてもいません。つまり、まったくわからないという話です」

「おまえは数字しか興味がないのか」

「数字は嘘を吐きませんから」

「……これは命令である。大輔、卯助という男を罠にはめる策を考えよ」

　ちらりと一太郎を睨《にら》むと、大輔は元八に身体を向ける。

「元八親分、くわしく調べて教えてください。卯助の商売はうまくいっているか、取引先はどこか、講などには入っているか。竹松に金はあるのか、所帯は持っているか、子どもはいるか、女郎屋に馴染みの女がいるか、借金はあるか、あったらいくらか、賭場に出入りしているか、仲間はいるか……できれば、店の帳簿が手に入ったら助かる」

「ずいぶん並べてくれましたが、なんとか調べはつくでしょう」

三

元八が帰ると、大輔は自分の部屋に戻った。数字や図形を使って、卯助を貶《おとし》める策を練るのだろう。

「ところでお英、聞きたいことがある」

栄次郎がお英に向かって話しかけた。

「なんです」

ううむ、うむと唸《うな》るだけで、なかなか話しださずにいる栄次郎に、お英は焦れったそうに、早くして、と催促する。

「あの、なんだな」

「なにがです」

「いや、それほど、たいした話ではないんだが」

「いいかげんにしてくださいよ。話がなければ大輔さんを手伝いますよ」

ごほん、とわざとらしい空咳《からぜき》をしてから、

「なに、本当にたいした話ではないのだが、津村屋で若い男と出会い茶屋に入っていったが……」

「まぁ、そんなこと気にしていたんですか。栄次郎さん、私に惚れてますか」

「馬鹿なことをいうな。親心だ」

「そんなに離れていませんよ」

「どうなのだ。もし、もし、もし……だったら、おまえが不憫《ふびん》と思って心配しておるのだ」

「まさか。お殿さまを蹴飛ばした私ですよ」

「なるほどそうか。そうだな、そうに違いない。ならばよしとするか」

大笑いをする一太郎に、栄次郎はそんなに笑うことですか、と不服を見せる。

「栄次郎は、本当にいい男だ、と思うたまでのことよ」

「いや、それほどでもありません」

その返答に、一太郎とお英は笑い転げる。

大輔が大きな紙を持って戻ってきた。

「これを見てください」

「いらぬ。言葉で説明せよ」

振りかざしている紙には、例によって数字と図形。それらをつないだ線も太さが違う。こんな代物《しろもの》を見せられたところで、ちんぷんかんぷんである。

「大輔さん、あなたの頭のなかは誰もわかりませんよ」

お英はそれでも楽しそうである。

そうかなぁ、と大輔は不思議そうな顔をするが、

「わかりました。では、説明いたしましょう。まずは、この太い線は」

「そうではなくて、結論だけいうんだ、馬鹿者」

馬鹿者といわれても、ちらりと栄次郎を見ただけで、反論はしなかったが、ふっと目を細めて聞いた。

「栄次郎さん、卯助の家業は酒問屋ですが、大丈夫ですか」

「……私の酒による失敗を心配しているなら、いまは克服しておる。しくじりを起こして以降、一滴も飲んでおらぬからな。いまでは、酒の匂いを嗅いだだけで酔っ払ってしまうほどだ」

酒の失敗は過去のことだといいたいらしい。

「それならいいんですけどね、いいえ、べつに心配していたわけではありません。

これから伝える内容は、酒について語らなければいけませんから、ちょっと確かめただけです」

「可愛くないやつだな」

「必要のないことはしません」

鼻をくったような大輔の応対に、栄次郎はつかみかかろうとする。

「やめやめろ、仲良くせよ」

最後、一太郎の言葉で睨みあっているふたりは口を閉じた。

「幻の酒を作ります」

その言葉に、みなは怪訝《けげん》な表情を見せる。

「それで栄次郎に、酒の話をしても大丈夫かと問うたのか」

一太郎の問いに、はい、と大輔は答える。だが、幻の酒を作るとはどういうことか、とみなは不審な目つきである。代表するように栄次郎が聞いた。

「幻の酒とはなんだ」

「作りあげるのです。酒好きの栄次郎さんがいますからね。目利きとしては一流でしょう」

「それはそうだが、酒はやめたというに……」

困り顔をする栄次郎に、一太郎はいった。

「栄次郎、酒の封印を解け。これは命である」

嬉しさ半分、困惑半分の表情を浮かべて、栄次郎は頭をさげる。

「しかし、その酒をどうやって作るのです」

お英の問いは当然である。そもそも酒を簡単に作れるものか。

「どこかの酒蔵に手伝ってもらいます」

「そんな酒蔵がどこにあるのだ。ただでは誰も手伝ってはくれぬ」

「そこは金持ちがいますから、その金を使ってもらいましょう」

「元八のことか」

「妹の仇を討つためですからね、出してくれるでしょう」

元八もとんでもない男に見込まれたものだ、と栄次郎は苦笑した。

「ま、そんなに真剣に作ってもらわなくてもいいのです、いま仕込んでいる酒に、ちょっとだけ仕掛けをするだけで、なんとかなると思いますから」

「そんなにうまくいくのか」

「金持ちは、自分がいちばんだと思っています、この味のよさがわからぬ人は二流だとでもいえば、三流の馬鹿は引っかかります」

しれっとした面相で、大輔はいい放つ。まるで、自分以外は馬鹿ばかりだとでもいいたそうな顔つきである。

「おまえの話を聞いていると、頭が痛くなる」

「ご愁傷さま」

ち、と舌打ちをすると、栄次郎はお英に視線を向け、

「おまえはどう思う」

「いいんじゃありませんか。私は三流の男は嫌いですけどね。化かすにはいい策だと思いますよ」

「そうか、それなら大輔の策に乗ってもいいという話だな」

お英が賛同したことで、栄次郎も納得したらしい。

「よしよし、仲良きことはよきことよ」

一太郎の言葉に、大輔が念を押すように語る。

「元八と連絡はどうやってつけますか」

「どうせ、すぐこの屋敷に来るのではないか」

「そうですね、大輔が星の数ほど調べるように伝えていましたから、その報告に

でもくるころでしょうしね」

お英が納得顔を見せる。

「そういえば、岡っ引きになるには同心の手札がいるはずです。元八は誰からあずかっているんでしょうか」

「そんな話はしたことがない。そういえば、やつの住まいも知らぬな」

隠しているのは、自分たちを騙そうとしているからではないか、と栄次郎はいたいらしい。

「まさか、いままでの言動を見ていると、それほど悪人には見えぬ」

一太郎が首を振る。

「私たちの住まいも店も、貸しだしてくれましたからねぇ」

お英は、騙すならすでに不都合なことが起きているのではないか、と首をひねった。

「しかし、妹の話は本当であろう」

「私たちにそんな嘘をついても、なんの得にもなりませんからね」

お英は一太郎に賛同する。

「元八に会って、いまの話をしてみましょう。私の考えた策を進めることができるかどうかは、元八の助けが得られるかどうかにかかっていますから」

大輔の言葉に三人はうなずいた。

四

元八が調べた結果を持って、湯島坂下にやってきた。

「いろいろわかりました」

それによると、卯助は下谷車坂町で酒屋を開いているという。近所には山下もあり、あまり治安のよい場所ではないが、乱暴者なども常連にいて、そいつらがなんとなく後ろ盾になっているから、商売もうまくいっている、とのことだ。

「酒屋か。我々の商売敵になりそうなやつだな」

栄次郎が肩を揺らす。

居酒屋が生まれたきっかけは、酒屋が店のなかで酒を飲ませていたところから、といわれている。やがて、煮染めなどのおつまみを出すようになる。

それが居酒屋発祥だといわれているから、栄次郎が商売敵と考えても外れてはいない。

大輔は、卯助の弱点などは見つかったか、確かめる。

「へぇ、弱点といいますか、まぁ、賭場通いが激しいらしいと聞きこむことができました」

「それはいい」

「賭場で、やつを骨抜きにするというのか」

楽しそうだ、と栄次郎は腕まくりでもしそうである。

「それは下衆《げす》の考えです」

下衆といわれて、またもや栄次郎はつかみかかろうとする。

「やめい。大輔も少しは口をつつしめ」

「思ったことを口にしているだけです」

「それがいかぬ。人は己の言葉が他人をどんな気持ちにさせるか、それを考えながら話さねばならぬぞ」

「苦手です」

「口に出す前に、深呼吸を三回せよ」

「命をかけて挑戦してみます」

そんなおおげさな話ではない、と一太郎は苦笑してから、

「元八親分、続けてくれ」

へぇ、と元八はうなずいて、話を続ける。

「卯助には、お園《その》というひとり娘がいましてね、今年十六歳という花盛りで、野郎の可愛がりようは、近所でも有名らしいです」

「では、そいつを誘拐して」

「こらこら、栄次郎。私たちはそんなことはせぬぞ、おまえも深呼吸を三回してから話すようにいたせ」

「……わかりました。清水《きよみず》の舞台から飛びこむつもりで、挑戦してみます」

「大輔も栄次郎も、なにゆえ、そう極端なのだ」

ため息をつく一太郎に、お英は放っておけばいい、と笑った。

「とにかく、お園を猫可愛がりしているんですが、まぁ、聞きこんだ噂によると、お園は賢い娘のようです。鳶《とんび》が鷹《たか》を生んだとまでいわれているようです」

「なるほど、親は悪人だが娘はできがいい。草双紙《くさぞうし》でよく見る類型であるな」

「おや、若さまも草双紙などお読みになるんですかい」

元八は、わざと若さまという呼び名を使った。あんたたちの正体はしっかり把握している、という示唆《しさ》でもある。

「親分、若さまはやめてほしい」

「だれも、大名家の若さまとは思いませんよ。旦那を見ていると、せいぜい、千石ぎりぎりのご大身の若さまです」

けたけたとお英が笑いながら、

「若さまにも、ピンからキリまでありますからねぇ」

「む、おまえまでそんなことを。三回深呼吸してから……」

「はいはい、私がいいたいのは、それでも父上よりは、人間ができているという話ですから、ご心配なく」

「む……」

「お園が可愛いという事実はわかったが、それ以外、こちらで使えるようなネタはないのか」

栄次郎が先をうながした。

「そうですね、借金があるわけではなさそうでしたし、負の遺産といえば、やはり賭場の出入りでしょうか」

「どこにあるんだ、その賭場は」

「山下あたりには、とんでもねえ女たちがいますからね」

「けころたちの話だな」

けころとは、下谷山下界隈で商売をする女郎屋の総称だ。間口二間ほどの入口の戸を開いたまま横座り姿を見せ、女たちは通りを歩く男たちに声をかける。女郎屋としては最下級として知られていたが、美人も多いらしい。

栄次郎は、ふとお英を見つめる。こんな話をしても大丈夫かどうか確かめているのだ。

「栄次郎さん、私はそのくらいの話で恥ずかしがるほど、おぼこではありませんよ」

「む、おぼこかどうか、そんな話はしておらぬ」

大輔がちらりとお英を見つめる目は、半分驚きの色が含まれている。おぼこではない、といった言葉に反応したらしい。だが、お英はいろんな目を無視して、

「親分、早く続きを教えてくださいい」

「へぇ、では」

卯助が出入りする賭場は、同朋町にある破れ寺だという。胴元は近所に住んでいる御家人で、植村八郎太《うえむらはちろうた》という。

「御家人が胴元だと……なんてこった。江戸は終わるぞ」

栄次郎が嘆きを入れる。

「侍はみんな貧乏なんですよ。だから、そんな連中が出てくるんでしょうねぇ」

「しかし、おかしい」

大輔がつぶやいた。

「賭場の胴元は、九割方は、土地の顔役のような連中が務めているはずです」

「御家人が胴元になる割合は、どうなのだ」

「一割にも満たないと思います」

「なるほど、それはおかしいな」

一太郎も首を傾げる。それを見て元八がいった。

「御家人の後ろには、誰かいるかも知れませんね。親分、卯助の商売がどんな数字が出ているか、わかりますか」

「へへへ、そこは蛇睨みの元八さんだ。ぬかりはねぇ」

どこから仕入れてきたのか、卯助の店の帳簿の写しを捕物帳にはさんでいた。

大輔に写しを渡す。

「これはありがたい」

大輔は一太郎に頼んで、紙と矢立《やだて》を借りる。

写しを見ながら、数字やら図形を書きこんでいくと、顔をあげた。

「親分、賭場が開かれたのは、いつからかわかるかな」

「へぇ、たしか三、四年前くらいかと」

やはりそうか、と大輔はうなずき、

「賭場は、卯助が陰で操っているかもしれません」

その指摘に栄次郎は問う。

「それは数字に出た推論か」

「もちろんです。この写しを見るかぎり、あるときから急激に儲けが増えています。とても酒屋で手に入れるだけの数字ではありません。見てください、三年前までは、せいぜい半年の売上が百両程度でした。それがいまでは、千両を超えています。異常です」

「それはたしかに普通ではないな」

「栄次郎さんの頭ほどではありませんけどね」

すーはーすーはーすーはー。

深呼吸をする栄次郎だったが、効果なくつかみかかろうとした。

元八の十手が、ふたりの間に伸びた。

「仲間割れはいけませんぜ。仲良く、仲良く……」

一太郎が、大笑いをする。

大輔は横目で栄次郎見つめて、

「深呼吸をするときは、まず息を吐きだしてからやらないと、息は入ってきませんよ」

「なにぃ」

「やめい、仲良く仲良く、忘れるな」

本気で怒り声をあげた一太郎に、ふたりは肩をすぼめた。

「おまえたちの先祖は、敵同士なのか。いいかげんにせよ。大輔、おまえも年上をもっと敬愛せよ」

「………」

五

卯助は、賭場のあがりを大きな巾着袋に詰めて、ほくそ笑んでいた。

そんな卯助を見て、金の亡者《もうじゃ》という輩《やから》もいると知っている。

まわりがどう思おうと、関係ない。

おれは親から小遣いをもらったことがなかった。近所に住んでいた元八という野郎は、常に親から渡された小遣いを使っていた。

羨《うらや》ましかった。

あるとき、そいつが明神前の団子を食っていた。ひとつくらい奢ってくれるかと思ったが、知らんふりをされた。こっちを見たその目は、まるで狂った犬でも見るように冷めていた。

くそ。

心から腹が立った。

卯助の親が子どもに小遣いを渡さなかったのは、商売人にするための教育だ、と使用人たちに諭《さと》されたが、金は使わねぇとどんな力を持っているのか、わからねぇ、と叫んでいた。

おれは、金が欲しかったんだ。

親は一銭も与えてくれない。

元八は澄まして団子を食っている。

殺してやる……。

待てよ。元八本人を殺すより、妹を殺してやろう。

そのほうが、元八にはこたえるはずだ。可愛い妹が死んだと知ったら、元八はどんな顔をするだろう。

ざまぁみろ。

策を練ってみた。

妹はまだ十歳にも満たない。そのために、常に兄の元八と一緒にいた。それを呼びだすには、兄がいないときでないといけない。

兄が怪我をしたとでもいって、かっさらうか。

いや、それはあまりにも間抜けな話だ。

すぐ嘘だったとばれてしまう、そこで死んでしまったら、おれが疑われてしまうかもしれない。それはだめだ。

どこか一緒に遊びにいこうというのは、どうだ。

水遊びだ。

いつか滝野川に連れていこうと思っている、と元八が話していた。

そうだ、王子の滝野川だ。

妹の名前はなんだったかな。

桃……そうだ、桃ちゃんだ。

桃ちゃん、水遊びに行こう。

実行に移したのは、それから三日後だった。

仲間も募《つの》った。一緒に行くことになったのは、竹松だった。もちろん計画は話していない。やつは元八にもいい顔をしているから、信用ならねぇ。

ほかにふたり誘った。

いまとなったら、その名前も忘れている。

桃ちゃんに、兄貴はあとから来ると声をかけた。

まったく疑わずに、桃ちゃんはくっついてきた。

おれは河原にもやっている高瀬船《たかせぶね》を見つけ、それにみんなで乗った。川に漕ぎだして、桃ちゃんにいった。

立って水底を見るときれいだぜ。

そこは本来、子どもたちが遊ぶような場所ではなかった。危険だから離れろと看板が立っていた。だが、桃ちゃんはまだ字が読めない。

桃ちゃんは素直に、船の縁に立った。それを合図に、おれは船を思いっきり揺すった。

桃ちゃんは、川に落ちた。

ついていた。俺たち以外、誰もいなかったのだ。

おれは、すぐ船を河原に漕ぎ戻した。竹松が驚いて、助けないのかと聞いた。

もう遅いよ、死んでるさ……。

すぐ先は滝だ。助けにおりたらおれたちも死ぬ。

葬式に行くと、元八に睨まれた。親はうちと取引があるから、あからさまな表情はしていなかったが、疑惑を感じているようだった。

おれは、ざまぁみろと叫んでいた。

親が死んで家業を継いだのは、それから十二年後だ。それまでおれは、くそ貧乏だった……。

金の亡者といいたければ、どんどんいえ。

金があれば、この世は極楽だ。金を見せたら、みなひれ伏すではないか。

家業を継いでからも、問題がなかったわけではない。酒屋の儲けはたいした金額ではなかったからだ。贅沢ができるほどではなかった。

そんなとき、賭場でおかしな御家人と知りあった。植村八郎太という野郎だ。

やつがいうには、賭博は胴元になったほうが儲かるという。

たしかにそうだろう。

おれは、自分が胴元になろうと動きだした。幸いに、御家人の顔もあり、なんとか賭場を開くだけの資金を借り集めることができた。盆茣蓙《ぼんござ》を守る男たちや、壺振《つぼふ》りも雇うことができた。御家人のまわりには、あくどいやつらがいたということだ。

賭場がうまくいきだしたら、店のほうも売上が増えてきた。金が金を呼んできたのだ。

ほくほくした日が続いていたら、つい数日前、昔の悪童仲間であった竹松がやってきた。子どものころからあまり信用のできねぇ男だったが、雰囲気は大人になっても同じだった。

「いい話があるんだが、聞きてぇかい」

いままでどこでなにをしていたのか聞こうと思ったが、やつはいきなり、そんな話をしはじめた。

「なんだい……金をせびりにやってきたのか」

「あんたの命にかかわる話だぜ」

しょうがないから、小粒を渡した。だが、じっとしたままだ。小粒をもう一枚渡すと、嫌な笑いを見せてこういった。

「元八がいま御用聞きになっていると知っているかい」

「風の噂で聞いたことがある。このあたりは、やつの縄張り外なんだろう、顔は見たことねぇな」

「野郎、桃ちゃんが溺れた原因をつきとめたらしいぜ」

「……本当か」

「あぁ、だからあんたの命が危ねぇといったのよ」

「もし、おれんところにきたら返り討ちにしてやる。植村さんは、やっとうの腕が立つからな」

「やつの動きを調べてやってもいいぜ」

竹松はまた手を伸ばした。

六

卯助を罠にはめるために、元八は動きはじめた。

大輔が練りあげた策は、上方《かみがた》だけで売られている幻の酒……白馬《はくば》の花《はな》という名前の酒を、卯助に売りつけるという考えだった。

それを、酒好きの金持ちだけを相手に販売したらいい、といえば、強欲な卯助は乗ってくるのではないか、と踏んだのである。

一太郎が、そんな簡単な話で騙されるのか、と心配すると、

「私が乗せて、おだてて、いい気持にさせたら、それでいちころですよ」

お英が笑う。その顔には自信があふれている。容姿を使えば、男は引っかかる動物だ、と考えているらしい。

しかし、その言葉にまた栄次郎が食いついた。

「ちょっと待て、乗せるとはなんだ、いい気持にさせる、とは、なにをやろうとしてるんだ」

「……栄次郎さんは、そっちにしてか頭が向きませんねぇ」

「な、なに」

「お里が知れますよ」

笑い転げるお英に、栄次郎は顔を真っ赤にしながら、

「おまえを心配しておるのだ」

「私に惚れちゃだめよ」

「馬鹿なことをいうな。親心だ」

「ですから、それほど離れてはいません」

仲良く、仲良く、という一太郎の言葉で、ふたりはいいあいをやめる。

「乗せるとは、口車に乗せるという意味であろう。栄次郎、よけいな気をまわすでない」

なにかいいたいのだろうが、唇を嚙みしめてから、栄次郎はわかりました、と答えた。

大輔は紙に数字や図形を書き続けている。周囲になにが起きようと、己は関係ないと考えているらしい。地震が来ても、数字を書き続けることだろう。

お英が思案してたが、そうだ、と手を打つ。

「ただ店に行くのも、興がないですよね。どうでしょう。渡りの壺振りということにして、賭場に入りこむというのは」

「おまえは壺も振れるのか」

「振るのは得意なんです。お父上とか……」

「む……その話は、いずれゆっくりしなければいかんと思っておるが、いまはやめておけ」

「そうしましょうね」

笑みを浮かべるお英は、妖艶さにますます磨きがかかっているようである。

元八から、卯助が開いている賭場の場所は聞いている。

栄次郎に頼んで、女渡世人のような格好を整えてもらった。

薄墨色の小袖に桃色の羽織《はおり》。まさに女渡世人そのものである。

翌日、行ってきます、とお英は賭場に向かった。

お英はひとりで大丈夫だと断ったのだが、一太郎は、栄次郎を連れていけと言明した。

大輔は、ふたりで行かせて大丈夫かと首を傾げたが、一太郎は、あのふたりは本当は仲がいいのだ、と答えた。

「おまえと栄次郎もだがな」

「……そうですか」

納得したのかどうかはっきりせぬ応対に、一太郎は焦れったい。

賭場がはじまるのは辰の刻。場所は下谷同朋町。下谷の広小路からは、目と鼻の先である。

お英と栄次郎は、湯島坂下から下谷広小路に向かう。歩いて一刻もかからない。

同朋町は新黒門町の裏にある。ふたりは、広小路から賭場のある通りへ入っていった。

小さな破れ寺の門前が目に入った。門は傾《かたむ》き、囲んでいる築地塀《ついじべい》も崩れかかっている。寺をここまでにするとは、住職はなにをやっているのだ、と意外と信心深い栄次郎が怒り狂う。

「和尚さんがいなくなったから、こんなになっているんでしょう」

「そんなことはわかっておる」

「そうでしょうねぇ」

「……なんだ、そのいい草は」

「入りますよ」

渡りの女壺振りに、その用心棒といった出で立ちである。

突然、入りこんできたふたりに、出てきた賭場の若い衆ふたりは色めきたつ。

勝手に入るな、といいかけて、お英の美貌に目を奪われたのだ。

お英はさっそく、壺を振らせてくれないか、と談判する。

あわてて戻った若い半纏姿が連れてきたのは、六尺もあろうかと思える男だった。元八と同年代には見えない。その肌艶のいい姿に、お英と栄次郎は目を丸くしている。

「私がここを仕切らせていただいている卯助と申します……壺をお振りになりたいというお話のようですが」

「お願いします」

気を取り直して、お英は頭をさげた。思った以上の二枚目が出てきて、さすがのお英も気後《きおく》れしそうだった。

「あまり見慣れないお顔のようですが」

三年も賭場を開いていると、名のある壺振りの顔は頭に入っていてもおかしくはない。それに、お英ほどの美貌を持つ壺振りなら噂になっているはずだろう。

「まだまだ駆けだし者です。腕試しといってはなんですが、ぜひ、お願いいたします」

「……わかりました。普段は紹介がないとお帰りいただくのですが、今日は特別に腕を拝見いたしましょう。しかし、お供の方はご遠慮いただきます」

さわやかな言葉遣いであった。

後ろで栄次郎がさぞかし苦虫を嚙みしめていることだろう。お英が栄次郎の気持ちを推量して笑みを浮かべた。その笑顔を自分への誘いと卯助は勘違いしたらしい。

顔をほころばせて、卯助はこちらへと導く。さらに、そっとお英の手を取った。栄次郎がすぐさま前に出ようとしたが、お英が目で制した。

半刻の後――。

「いやぁ、すばらしかったですよ」

満面の笑みを浮かべながら、卯助は盆茣蓙からおりてきたお英の手を取った。控え部屋から栄次郎は盆茣蓙を見ていたのだが、お英が見せる姿の美しさは十分に伝わっていた。

腕を振りあげ、丁半を整えるときの目つき。声の張り。そして片膝をつきながら、蹴出しから見せるちらりの美学。

どれをとっても一級品といってよかった。卯助が大喜びをするのも当然であろう。卯助は必死になって、お英を自分の賭場専属にできないかと口説いている。

「そんなことになったら、いまのかたが困るでしょう」

「知りませんよ、そんなことは。あぁいう輩は、ここを首になったらどこかに移動するだけです。お英さんが気にする話ではなりません」

「そうでしょうかねぇ。恨まれるのは嫌ですからね」

「ふふ、その恨みは私が買います」

気障《きざわ》りなやつだ、とお英は思うが顔には出さずに、

「それはそうと、ちょっと前に、おもしろい話を頼まれたんです」

「おや、どんな話です」

「……あぁ、でもやめておきます。誰彼なく他言したら、取りあげられてしまうかもしれませんから」

「おやおや、そんなことをいわれたら気になりますねぇ」

「卯助さんは、お酒がお好きですよね」

「もちろんです。酒屋をやっているくらいですからね。お酒にかかわるお話だとしたら、ますます聞かずにはいられません」

「では、お話しいたしましょう」

食いついてきた卯助に、お英はほくそ笑む。卯助は、これでお英に近づくことができるとでも考えているのだろう。にこにこが止まらない。

「卯助さんは、白馬の花というお酒をご存じですか」

「白馬の花、ですか……」

すぐ知らぬと答えないのは、酒屋として負け惜しみのようなものだろうか。しばらく考えていたが、

「勉強不足です。残念ながら聞いたこともありません」

ことのほか素直で、お英は笑ってしまう。こんな男が元八の妹を川に落としたとは信じがたいが、人は表が八割。裏の二割が人殺しなのだろう。

「正直ですね。気に入りました。馬鹿な金持ちは知ったかぶりをしますから。でも、卯助さんは正直に知らないと答えてくれました。信頼してお話しできます」

「それはよかった。怪我の功名かもしれません」

さわやかな声で卯助は応じた。こんな態度に、女たちは毒気を抜かれてしまうのかもしれない。だが、お英はそんじょそこらの女とは、ひと味違う。

白馬の花は灘《なだ》の酒だが、最近できた酒蔵の酒だから、まだ世間には広まっていない、とお英は告げた。上方のある賭場で壺を振っているときに、話を持ちこまれたのだ、と告げる。

「お英さんなら、そのような秘密の話を持ちこまれても不思議ではありませんね。でも私が知らないのは、どういうことでしょう」

「なるほど、私が知らぬほどの秘密の酒ということですね」

「はい、そのとおりです」

「一度、飲んでみたいものですけど」

「はい、大丈夫です。江戸で広めたいからと、一升あずかっているんですよ」

「それは、ぜひ試させていただきたいですねぇ」

「本当ですか」

「もちろんです。お英さんがあずかっているなら、たしかな話だと思いますからね」

その顔は真剣だった。二枚目をさらに力を与えていると思える目線は、嘘はいってないないと感じるに十分な色を見せている。

お英は卯助が本気で引っかかってきた、と感じる。

「では、なんとか先方さんと話をしてみましょう。でも、なかなか気難しいかたですので、失敗したらごめんなさい」

「……では、そのかたにお伝えください。市場の三倍出しましょう、と」

「三倍ですか」

「はい、それでもだめなら、五倍でもかまいません」

「それはやりすぎですよ、いくらなんでも」

「お英さん、私は商売人ですからね。五倍出したら十倍の値段で売りに出します
から大丈夫です。まぁ、表で売るのではなく、裏で売るという特別感を出せば、
金持ちは食いついてくるんです」

おまえもだろう、とお英は笑いたい。

「わかりました、かけあってみましょう」

「できれば、私もその上方のおかたにお会いできたら嬉しいのですが」

「そうですね、それも伝えておきます」

「ありがたい、本当にお英さんとこうやってお話ができて、今日はなんていい日
なんだろう」

卯助は、お英の手をつかんで自分の頬《ほお》にあてた。

ぐ……と音が聞こえた。栄次郎が喉《のど》を鳴らしたのである。

七

お英が卯助をたぶらかした二日後、元八が一升瓶を二本抱えて湯島坂下にやってきた。

「新しい酒を作るには時間がかかります。それで、ある酒蔵に頼んで、いま試作中の酒をもらってきました」

どんな味だ、と栄次郎が尋ねると、元八はそれはわかりません、と答える。

「おまえは試飲もせずに持ってきたのか」

「栄次郎さん、それは無理だ。あっしは下戸です」

「なんだって、そんな顔をして下戸とは情けない」

「……顔つきは関係ねぇと思いますがねぇ」

栄次郎は断酒中である。大輔は下戸。一太郎が手を伸ばした。

ひと口飲んでみた。

「これは……江戸ものではないな」

「おや、若さまは酒の味もわかるんですねぇ」

元八は驚きながら、これは信州の酒だというのである。白馬の花にふさわしい酒蔵です、と元八は鼻をひくひくさせる。自分にはそんな酒蔵を見つけるだけの力があるのだ、といいたいらしい。

「たしかに、この芳醇な香りとほのかな甘さは、江戸の水では出すことはできぬであろうよ」

「酒は水が命といいますからねぇ」

元八の言葉に、一太郎はうなずき、

「これなら酒屋でも騙すことができるかもしれぬな」

「引札《ひきふだ》も作ってもらってきました」

懐から四枚に畳んだ紙を取りだした。広げると大きな山のいただきに、桃の花があしらわれている。横には大きく、白馬酒造と書かれている。もちろん、偽の酒蔵名だ。

「可愛いではないか。だが、上方からの話だというのに、信州の山がでかでかと描かれているのは、ちと違和感があるぞ」

引札を見て喜び、名前で訝《いぶか》しげな顔をする栄次郎を、大輔は横目で睨んでいる。喧嘩を売っているわけではない。その目つきは、勘定方を首になってから嫌な視線を受け続けたために生まれた癖なのだ。

「かえって真実味があるかもしれませんね」

大輔は静かにいう。

「で、旦那……酒は用意できましたが、そのあとはどうするんです」

一太郎は、大輔に視線を送った。

「まずは、またお英さんに卯助と会ってもらいます。そして酒を飲ませます。乗ってくるかどうかは、賭けですね」

「この酒の味なら心配はいらぬであろうよ」

「それでも、卯助の気持ち次第ですから」

ふたりのやりとりを聞いていたお英は、卯助なら心配はいらない、という。

「私に首ったけですからね」

「やつは人殺しだぞ。元八の妹を殺した相手だ。危険な相手だという事実を忘れてはいかぬぞ」

「あんな馬鹿なやつのひとりやふたり、なんてことありません」

「自信過剰はしくじりのもとである」

「ご心配ありがとうございます。気をつけます。それに、いいものを仕入れてありますから、いざというときにはそれを使います。じつはあるときから、いつも携帯しているのです」

「なんだ、そのいいものとは」

「ふふ、役に立たなくなる薬ですよ」

一太郎と栄次郎は嫌そうな顔をするが。大輔は動じない。

「お英さんなら、その見た目で大きな得《とく》を得ています。美人とそうでない人が同じ行動を取った場合、人は美人のほうを信頼するという癖があるのです」

だから心配はいらない、と大輔はいう。

「人は見た目で判断するものです。それが八割に通じるのです」

一太郎はそれでも十分注意はしろ、とお英に告げてから、大輔にその後はどうするのだ、と続きをうながした。

「白馬酒造の名で、江戸に出店を出してもらいましょう」

「そんなことはできねぇ。そもそも偽酒造だ」

「もちろん本物の出店ではありません。私たちがそこの店員に化けます。やつを騙したら、すぐ店を畳んで逃げださなくてはいけません」

「だが、これは試作品であろう。大量に渡すことはできぬ」

「少なくていいのです。そのほうが価値があがりますから」

「卯助を呼ぶときには、竹松も来てもらいてぇ」

元八が大輔を見つめる。

「わかりました、そう伝えておきましょう」

お英が応じると、大輔はさらにとんでもない策を語りだした。

「すり替えた酒には、毒を入れておきます」

「殺しはいかん」

「せいぜい下痢程度ですから、大丈夫でしょう」

「だとしても、罪のない客たちを傷つけるのはいかぬ。たとえ下痢だとしてもだ。われわれは、町方ではない。殺人鬼でもない、恨みを金で代行する者たちとも一線を画しておかねばならぬ」

一太郎の言葉に大輔は、深々と頭をさげた。

「では毒はやめます。策の二にいたしましょう」

「いまのは、策の一だったのか……」

栄次郎が呆れている。

「卯助に出店を見せます。竹松にも来ていただきましょう。そこで白馬の花を飲んでもらい、仕入れをさせます。そこまでは本物です。ですが途中で、水に変えます」

「運んでいる途中、酒が水に変わるというのか」

「いくら私でも、そこまでの手妻《てづま》は使えません。途中で、事故を起こします。ばたばたしている間に、荷駄を取り替えてしまうのです。すぐ店も解体してまっさらにしてしまう必要もありますからね。時間稼ぎの意味も含まれます」

策を聞いた栄次郎が、大輔の顔をのぞきこんだ。

「おまえの二割は、ひょっとしたら地獄からの使者だろう」

「八割のほうでしょうね」

元八は、偽の出店と偽の薦被りの荷駄は自分が用意する、といって帰っていった。

「やつはどれほどの金持ちなのだ」

一太郎は呆れている。

「こちらもある意味、利用されているのですから、せいぜい付き合っていけばよろしいかと思いますが」

お英は、現実的な話をする。

「そうだそうだ。できればやつが持っている金を、三滝の借金返済にでも使ってくれたらもっとありがたいが、それは無理ってもんだ。それに、そんなことで借金が減ったとしても、嬉しくはない」

栄次郎が、しごくまっとうな意見を伝える。

「そのとおり。三滝家の借金は、われわれの店で返すのだ。どこまで力になれるかは、みなの働きにかかっておるからな。頼んだぞ」

「いまは、そんな話をしているときではありません」

大輔が、しれっとして話を止めた。

「おまえのその面相の下には、どんな謎が隠れておるのだ」

つかみあいこそしないが、相変わらずふたりのいさかいは続いている。

「仲良くせよ、と申しておるではないか」

呆れながらいう一太郎に、

「ふたりのいいあいは、猫のじゃれあいですからねぇ」

お英は半分笑っている。

「とにかく、元八親分が店を作ってくれるそうですから、私たちはその店をどのように見せるか、ここで決めておきましょう」

おまえが決めろ、と栄次郎はまた突っこんだ。大輔はちらりと見ただけである。

「店には、卯助と竹松のふたりがやってきます。客がそれだけでは寂しいので、三滝の勤番から数人お借りします。侍ではなく、中間《ちゆうげん》や門番がいいでしょうね」

「それならなんとかなる」

答えた一太郎に、お願いしますと大輔は答えてから、

「私たちは店員になりすまします。でも、出店の責任者が必要です」

「それは立場上、私であろうな」

「お願いできますか」

「もちろんだ。だが、なにをしたらいいのだ」

「立っていてくれるだけでよろしいのです」

「役目はないのか。立っているだけでは手持ち無沙汰である」

「よけいなことはしないほうがいいのです」

言葉をつつしめ、と栄次郎は止めるが、大輔はその言葉も無視する。

「変に会話を続けて、ぼろが出たら困ります」

「問題ありませんよ。私もいますからね」

お英が助け舟を出した。

「白馬の花の試飲が、どれだけできるかにもかかわってきますけどね。そのあたりは、親分の力を信じておくしかありません」

「まぁ、いままでの流れを見ていると、なんとかしてくれそうではあるがなぁ」

一太郎が、楽観的な話をする。

「それはここで語りあっても、しかたありませんね。本人がいないのですから、なにをいっても無駄です」

おまえが先に話しだしたのであろう、と栄次郎は吐きだした。

「仲良く、仲良く……」

八

翌日、お英は卯助の賭場に行って、また壺を振った。当然、栄次郎も同伴しているが、今回も控えの間に押しこめられている。

「もう店が出ているんですか」

数度、壺を振っただけで今日は盆茣蓙をおりていた。控えの間での会話である。

お英は、はだけた片肌を直しながら答えた。

「卯助さんの話をしたところ、それなら江戸にも店を出しましょうということになったようなのです」

「それは嬉しい話ですねぇ」

「はい、私も信用していただいて、嬉しいかぎりです」

お英は渾身の力を込めた笑みを浮かべた。

卯助も、その二枚目の顔をほころばせる、

「出店はどこに出ているのでしょう」

「いまはまだ、具合のいいところを探しているようです。見つかったら連絡が来ますよ。そのときはぜひ、誰かお仲間を連れてきてください」

「おや、私ひとりではいけませんか。幻の酒は私ひとりで楽しみたいという気持ちがあるんですよねぇ」

「あちらとしては、卯助さんも大事でしょうがねぇ。できればもうひとりくらい連れてきてほしいという希望なのです。おそらくは、江戸の人の口に合うか合わないか、そこを心配していると思われました。酒好きのかたがいたらぜひ……」

お英は、かすかに肩を落としてみせた。落胆の表情を見せたら、卯助の気持ちも動くだろうという狙いである。

「……なるほど、わかりました。では、私も仲間をひとり連れていきましょう。こちらもかなりの酒好きですから、的確な感想を語ってくれることでしょう」

「それはありがたいお話です。無理をいってすみません」

「なんの、お英さんの頼みですから」

ふふふ、と卯助はお英の手を握り、またしても自分の頬にあてた。

「お英さんの手には、情が感じられますねぇ」

まったく気障りな男だ。

「あら、そのような褒め言葉は、初めてですわ、嬉しいですこと」

「お英さんと会うたびに、私はどんどん若返っていくような気がします」

「まぁ……」

「どうです、今度、ふたりだけで八百善《やおぜん》にでも行きませんか」

卯助は、両国にある高級な料理屋の名を出した。

「それはぜひ。なかなか簡単に行けるような店ではありませんからねぇ」

にやける卯助の二枚目の顔は、卑《いや》しさを含んでいる。

――本当に気障りな男だねぇ……。

「それはともかく、お店ができたら、すぐお呼びいたしますから」

「お願いします」

お英の言葉に卯助はていねいに頭をさげて、手を取ろうとするが、今度はお英が後ろを向いたために空を切った。

湯島に戻ると、大輔が例によって数字を並べている。この男の数字熱は永遠に変わらないのかもしれない。

「おや、これはなんです」

数字と一緒に線が引かれている。

「人の出入りを数値化してみました」

「そんなことができるのですか」

「いま、やってます」

「……あんたはもう少し、人とどう会話したらいいのか、考えたほうがいいわねえ」

「そうですか」

お英の言葉を無視して、大輔は語りだした。

「みなさんにも聞いてもらいます。出店は三日後に完成するとのことです。もちろん、かなり簡易な作りにしてもらいましたから、すぐ取り壊せるような構造になっていると、元八親分の言葉です」

「いつの間に、元八と話したのだ」

一太郎が驚きながら問うと、

「飛脚《ひきやく》代わりに子どもを雇いました」

「待て待て、おまえは元八の住まいを知っておるのか」

「みなさんが聞こうとしないから、私がそっと聞いておきました」

「……どうりでひそひそやっていると思った。で、住まいはどこなんだ」

栄次郎が聞いた。思ったより抜け目のない大輔の行動に、感心している様子も見えている。

「連雀町です」

「目と鼻の先ではないか。そんなところに住まいがあったのか」

「大家として持っている長屋らしいです」

「ううむ、やつが狐《きつね》に見えてきた」

そこに、卯助からの伝言です、とお英宛の文を持って若い男がやってきた。

いますぐ道灌山に自分が持っている山小屋があるから、そこに来てくれと書いてあった。断ったら商売はなしだとも書いてある。本性を現したらしい。

一太郎は、そんな危険なところに行かなくてもよい、と止めたが、

「いいえ、このままでは桃ちゃんが浮かばれません」

「しかし……」

「一度くらいは許さないといけませんかしらねぇ」

「馬鹿なことをいうでない」

一太郎が叫ぶ。栄次郎は一緒に行くとわめくが、いつもの用心棒は連れてくるな、ひとりで来いと書かれているとお英は応じた。

「若さま、ご心配はいりませんよ。どうせ汚れているんですから」

「まさか」

「さぁさぁ、みなさま、そんな顔をしないで。わたしは大丈夫ですよ」

文を届けた者が案内となって道灌山に向かった。

山小屋は切通《きりどおし》をのぼって平坦なところに建っていた。まわりを手下たちが取り囲んでいる。これでは簡単に逃げることもできない。

小屋に入ると吹き抜けの階段があり、二階へあがるようにいわれた。

部屋には料理が並んでいる。扇情的な色をした布団も敷かれていた。

お英が部屋に入ると、卯助はいきなり抱きつき口を吸いはじめた。

うめきながら、先に料理を食べたい、と頼んだ。

だが、全部食べ終わる前に、またしても卯助はお英を抱きしめ、布団の上に押し倒した。胸前から差し入れた手の動きを感じながら、お英はじっと天井を仰ぎ、数を数えていた。


しばらくして、お英は小屋から出てきた。道灌山から日暮の里に続く通りに出ると、栄次郎が前に出てきた。

「待っていた」

お英を見ると、うっすらと涙が滲《にじ》んでいる。栄次郎はなにもいわずに、となりを歩く。

「敵は討つ」

「……ありがとうございます。一応、いっておきますが、私は最後まで許してませんよ」

「…………」

「口を吸われたときに、眠り薬を移したのです。ですからご安心を。天井を見ながら薬が効くのを待っていました。数を数えながらね」

にやりとするお英の言葉を聞いて、栄次郎はそうであったか、と答えるが、

「さきほど泣いていたのはなぜだ。その……口以外……いや、よい」

「あはは。胸くらいは触らせてあげましたけどね。泣いていたのは、栄次郎さんが来てくれて安堵したからです。嬉し涙ですよ。帰り際に、またよろしくお願いします、と書き置きをしてきました」

店に来なくなったら困る。

「う……胸……」

「さぁ、帰りましょう」

九

出店が誕生した。不忍池をのぞめる絶景の場所だ。わずか間口三間の小さな店だが、なかにはびっしりと白馬の花の一升瓶が並んでいる。中身が本物なのは二本だけで、あとは偽物である。

卯助が竹松を連れて姿を見せた。

一太郎が応対する。二枚目だというお英の言葉どおりの卯助を見て、目を見張っている。人は見た目八割だというが、裏の二割がどれだけ重要かと思い知らされる気分だ。

「この酒は、本当にわかる人にしかわかりません。最初は、そのへんにある酒と同じとしか思わないでしょう。でも、少し経つとじんわりと口の中に甘さが走る、だから幻の酒、白馬の花、といいます」

お英が卯助と竹松に説明している。

栄次郎は例によって、お英の後ろにぴったりとつけ、よけいなことをしたら容赦なしだ、という人殺しの目つきで立っていた。そばで御家人の植村八郎太がこちらを睨んでいたが、お英は無視をする。

卯助がお英に耳打ちをしている。さしずめ、道灌山の蒸し返しをしているのであろう。

一太郎は不愉快な目つきをしてしまい、いかんいかんと、商売人の顔になろうとするが、無理だった。

大輔が寄ってきて、若さまはここにはいないほうがいい、とささやいた。

「あとは私が……」

「まかせた」

卯助のへらへらした顔を見ていると、下痢を起こしそうだ。竹松の応対に出ている大輔は、見事なほど商売人になりきっていた。どこでそんな演技を覚えたのかと思うほどである。

竹松は、嬉しそうに酒を飲み続けている。

そろそろ本物が切れそうである。

大輔は卯助とお英の前に行き、商談をしましょう、と誘った。卯助は言い値でいいという。大輔は相場の二倍の数字を出した。卯助は、その倍出しましょう、といった。

その代わり、といってお英の手を取る、数度、手のひらを叩く。わかってますね、という合図だろう。大輔は見て見ぬふりをしたまま、

「では、それで手を打ちますか」

お英は、よろしいのではありませんか、と卯助に念を押して、握られていた手に力を入れた。それを了承した合図だと感じたのだろう、卯助の顔は上気している。今度こそ、という意気込みの臭気に、お英はむせ返りそうになっている。

やがて、元八が用意した荷車が運ばれていく。

卯助と竹松が、嬉しそうな顔で語りあっている。これで大儲けができるとでも話しあっているのだろうか。

不忍池を過ぎて、五条天神の角を曲がったときだった、突然、似たような荷駄が横から突っこんできた。

ふたつの荷駄がひっくり返る。

あわてた卯助の手下たちが、転がった荷駄を拾い集める。そのときだった、ぶつかってきた荷車の数人が、卯助の車を取り囲んだ、それは一瞬である。

卯助たちは気がつかなかったが、卯助とぶつかった荷駄の数個がすり替えられたのである。すべての荷駄を取り替えたわけではない。二個だけである。

しかし、その二個があとで大問題になるのであるが、そんなことは卯助も竹松も知りはしない。一升瓶が割れていないかどうか、そちらに気が向いていたからである。

すり替えたあざやかな手並みは、慣れた者たちの動きである。

物陰から見ていた一太郎は、元八にはどれだけの仲間がいるのか、と舌を巻く。

店に戻ると、なんとすでに店は解体をはじめており、骨組みは半分以下になっていた。

大工たちの動きを仕切っているのは、大輔である。大工たちは大輔の指示が、数字を駆使して説明されるからわかりやすい、ときびきび働いていた。

わざわざこんな事故を起こさずとも、最初から水の瓶を混ぜておけばいいのではないかと聞いたとき、大輔はこんな答えをしていた。

「このような策を成功させるには、半端な嘘はだめです。それでは、ばれるかばれないか、期待する数値は五分五分です。それより、途中で取り替えたほうがばれる確率はさがります」

「そんなものか」

「はい」

まったく、勘定方の頭はわからぬ。

十

それから数日後、卯助の酒屋には、数人の金持ちたちが集まっていた。みな卯助を詐欺だと叫び続けているのである。

「水が混じっていただと」

卯助は竹松から聞かされて、驚愕している。それもひとりではない、不満を叫んでいる相手は増えそうだった。

そんな馬鹿な、と叫んだ卯助は駕籠を呼んで、不忍池に向かわせた。

「ない、どこにもない。店が消えた」

白馬酒造の江戸出店は、きれいさっぱり消えていたのである。

「騙《かた》りにあったのか……あの牝狐《めぎつね》め……」

翌日のこと、卯助は辻斬りに遭って、髷《まげ》を落とされたという噂が入ってきた。さらに、水を酒と偽って売った詐欺というかどで、縄を打たれたというのであった。縄を打ったのは、もちろん元八であった。

竹松は覆面男にさらわれ、そこで卯助が元八の妹を殺したのだ、と証言しろと責めたてられた。

もし証言したら、ここで斬らずに助けよう……さらに、覆面はここに百両あるから、証言を終えたらそれを持ったまま、江戸から逃げてもよい、と持ちかけたのである。

わかった、わかった、と竹松は奉行所に出向いて、訴えた。と、すぐさま同心がやってきて、竹松の懐を調べた。百両を包んだ袱紗《ふくさ》が出てきた。

「これは盗まれた金子だ。証拠は包んでいる袱紗である。店から訴えが出ていた。盗みに入ったときに見た人相は、おまえそのものである。十両盗んだら死罪である。竹松は、はめられた、と叫ぶが、誰もそんな言葉に聞く耳を持つ町方はいなかった。

「不思議な話があるものですねぇ。誰の仕業なんでしょう」

元八がひさびさに、湯島坂下にやってきている。すうっと栄次郎のそばに行き、なにか渡してから耳打ちをする。そのささやきは、竹松から取り返してきました、と聞こえた。

「親分、卯助たちはどうなったのだ」

一太郎は、栄次郎の百両に関しては聞き返さない。

「厳しい詮議の結果、卯助は妹を水に落として、助けず逃げ去ったと白状しました。竹松ははめられたと叫び続けていますが、もともとろくな生活をしていなかった事実もあり、誰もまっとうに聞く者はいないようです。それと、御家人の植村は、表向きは賭場の主人となっていますが、卯助の操り人形だったという話になり、罪一等を減じられるとのことでした、といっても、どんな罪状になるのかは、あっしには見当もつきませんが」

「そうか、まぁ、いろいろ決まってよかったではないか」

一太郎がうなずいている。

「おかげで、妹の敵が討てました」

「桃ちゃんも、草葉《くさば》の陰でお喜びでしょうねぇ」

お英が落ち着いた声でいった。元八は目頭を押さえながら頭をさげた。

「なに、ほとんどは親分の手柄だ。白馬の花を作ったのも、出店を作ったのも、荷車を集めてくれたのも、みな親分だ。鼻高の顔は嫌いだが、それを超えて親分はいい仕事をしてくれた」

「若さまにそこまで褒めてもらえたら、ありがてぇ話です」

「そこでだ、われわれの店の名前を決めたので発表したい」

「待ってました」

栄次郎は、卯助の髷落としや、竹松が覆面に騙されたと叫んでいるという話をにやにやしながら聞いていたが、さらに勇んで問う。

「その名は」

「店の名は」

お英が追随《ついずい》した。

一瞬の間があり、一太郎はおもむろに答えた。

「桃の花」

号泣する元八の声が、湯島坂下界隈に響き渡った。

第三話　越後獅子

一

ようやく居酒屋を出店する運びとなった。

開店日は明日である。前夜祭をやろうという栄次郎の提案で、簡単な料理が出されている。料理は本来なら栄次郎が作るのだろうが、今日は煮売屋《にうりや》などから仕出しを運んでもらった。

栄次郎は自分が作ると張りきっていたが、今日はよい、と一太郎が止めたのである。べつに、栄次郎の腕を心配していたわけではない。ゆっくりと、みなと話をしたい、と望んだからであった。

だが、それを邪魔する者たちが現れてしまったのである。

「外が騒がしい」

お英が見てきます、と通りに出てみると、三人の越後獅子《えちごじし》が店の前で踊っていたのである。ひとりがでんでん太鼓《だいこ》をひとまわり大きくした太鼓を胸の前で叩き、ひとりは笛を吹いている。そして最後のひとりが、とんぼを切ったり、踊ったりしているのである。

「まぁ……こんなところに来ても、稼ぎにはなりませんよ」

それでも、三人は必死の顔つきで演技を続ける。

あとから出てきた一太郎も、子どもたちが必死の顔つきで演技している姿を眺めて、唸《うな》っている。

「小遣いをあげることはできぬが、どうだ、なかに入って一緒に食べぬか」

いちばん年嵩《としかさ》らしい女の子が、いいんですか、と聞いた。

「よいよい、残念ながらうちは貧乏でなぁ。金子をあげることはできぬから、一緒にご飯でも食べよう」

三人は見あっていたが、身体の小さな子が、お腹が空いた、とつぶやいた。

店内に連れていくと、栄次郎が驚いている。大輔は例によって、横目を流しただけである。

お英が料理を運んだ。全部食べてもいい、と一太郎は勧めた。

子どもたちは嬉しそうに食べ尽くした。よほど腹が減っていたらしい。

そんな様子をお英はじっと見ていたが、

「ご飯は食べていなかったのですか」

午の刻をとっくに過ぎている。それなのにこれだけ腹を空かせているということは、これまでなにも食べていなかったからに違いない。

いちばん小さな子が、食べていない、と答えた。ふたりもうなずいている。

「どうして……それはいじめではありませんか」

「木助《きすけ》さんがいなくなったんです、そのお仕置きとして、私たちのご飯が抜かれてしまいました」

「無茶な」

叫んだのは、栄次郎である。

「おまえたちの親方はどこにいる。いまから談判にいってやる」

「やめてください。もっとひどいことになってしまいます」

年嵩の女の子が、必死に叫んだ。

一太郎は、落ち着けといって三人の名前を聞いた。

年長の女の子がお巳代《みよ》。男の子が里治《さとじ》、もうひとりがお糸《いと》といった。

「さっき、いなくなったといっていた男の子はなんだね」

「木助さんです。お父さんが木こりをやっているから、そんな名前がつけられたといっていました。三日前に姿を消したんです」

「逃げたのか」

「それはないと思います。逃げたら私たちが大変な目に遭うと知っていますから。なにか揉め事に巻きこまれたのではないかと、私は考えています」

お巳代は利発な子だった。木助について聞くと、普段から真面目な子だったという。だから、逃げるわけがないというのである。

姿が見えなくなるまで、自分たちと一緒にいた。途中、一度だけ離れたときがあるのだが、そのときから戻ってこなかった、という。

場所は浅草の奥山だった。見せ物小屋などから出てきた客たちは気が大きくなって、いっぱい見物料を払ってくれるという。

それだけに稼ぎがいちばんよい場所から、離れるわけがない、とお巳代は強調するのだ。話に矛盾はない。

「どうやら、また開店前にやることができてしまったようだな」

一太郎がため息をつくと、戸が音を立てはじめた。

「また、誰か来たらしい」

お英が出ていき、開店は明日だと告げる。

外から、文太郎です、と叫ぶ声が聞こえた。あわてて、お英は戸を開く。

「文太郎さん、どうしたんです」

「……殿さまからの伝言を持ってまいりました」

「伝言とな」

一太郎が、文太郎の前に進み出る。

「はい、これから伝えるので、しっかりお聞きください」

一太郎はうなずく。

「殿さまは、こうおっしゃいました。開店の運び、まことに祝着《しゅうちゃく》のいたりである。大事なのは、どれだけ藩に上納できるかである。みなの健闘を祈る、以上です」

「なんだそれは。励ましてくれたのか、脅しなのかわからぬではないか」

「私にいわれましても」

「いまは、おまえしかおらぬ」

「私はただの飛脚代わりです」

「父上は、ほかになにかおっしゃってはいなかったか」

「どんなことですか」

「それがわかれば、おまえには聞いておらぬ、馬鹿者め」

「ははぁ、私が馬鹿にされたと、殿さまに伝えておきます」

「おまえは、なにをしに来たのだ」

「ですから、殿さまの言葉を伝えにまいっただけです」

「そうか、ではなにか食べていくか」

「よろしいのですか」

「かまわぬ」

「では……」

子どもたちが食べきれなかった煮染めなどを、文太郎は食べはじめた。けっこううまいですねぇ、と栄次郎の顔を見つめる。刀を包丁に変えたと藩中でも噂になっているという。そんなことできるわけがない、という連中がほとんどだ、と文太郎は笑った。

栄次郎は苦笑している。いま文太郎が食べている煮染めは、自分が料理したわけではない。仕出しである。

文太郎が帰ろうとしたとき、大輔が寄っていった。

「お代をいただきます」

「なんだって、ご馳走してくれたのではなかったのですか」

一太郎が応じる。

「父上は上納金を持ってまいれといったのであろう。ならば、ただ食いなどもってのほか。さぁ、代金を置いていけ。本来なら三十文だが、二十文にまけておいてやる」

「高いではありませんか、この程度の煮染めなら、四文屋《しもんや》で食すことができますよ」

「ここは四文屋ではない。さぁ、払え」

泣きながら文太郎は払った。

「おありがとうございました。またのおいでをお待ちしておりますよ」

お英に背中を押されて、文太郎は帰っていった。

二

お巳代は、木助を探してくれないかと頭をさげる。

栄次郎はそんな暇《ひま》はない、というが、一太郎は人助けはわれわれの仕事だ、とお巳代の言葉にうなずいたのである。

一太郎の言葉を聞いて、大輔は提案があります、とみなの顔を見渡す。

「面倒な数字ばかりの話ならいらぬ。結論からいえ」

栄次郎の辛辣《しんらつ》な言葉を無視して、

「今後、人助けをした場合、収入があるようにしたいと思います」

そうしなければ、八割以上の確率で破産するというのであった。

破産したのでは元も子もない。一太郎は、どこから礼金をもらうのだ、と懐疑的である。

「簡単な話です。まさか三人から稼ぎを取りあげるわけにもいかない。越後獅子の親方から取ればいいだけです」

「なるほど、それならこちらに理がある」

珍しく栄次郎が大輔の言葉に賛同した。いつも反対しているわけではないらしい。是々非々という気持ちなのだろう。

「よし、今度は阿漕《あこぎ》なところから取るようにするようにしよう」

一太郎もうなずいた。

「では、木助という子どもを奥山で見かけた者がいるかどうか、そこから調べてみますか」

栄次郎が問う。

「いや、それは元八親分に頼むことにしよう」

「ははー、われわれは町方ではない、といいたいのですね」

「わたしたちの本分は、居酒屋の親父とおねぇちゃんだ」

「なるほど、だから探索などには手を染めないと」

「そのとおりである。そのうち、元八もやってくるであろうからな、そのときに子どもたちの話をしてみよう」

「そうですね、桃ちゃんの恨みを果たすことができたのですから、子どもたちの気持ちは感じ取れることでしょう」

お英も、うなずいている。

そこに元八が姿を見せた。すぐあとから角樽《つのだる》が届いた。白馬の花が本当に売れだしたから持ってきた、と笑った。

「ようやく開店ですねぇ」

「それがなぁ……」

栄次郎がわけありの表情をしながら、隅《すみ》で小さくなっているお巳代たちに目を向ける。

「店子《たなご》と大家は親子同然。お話をお聞きしましょう」

「……そうか、おまえは大家であったな。では、親だ。この話を聞いてくれるのは嬉しいかぎりである」

一太郎が木助の話をした。元八はじっと聞いていたが、

「旦那、そんな話に手を出すのは、やめておいたほうが無難です」

「なぜだ」

「これから居酒屋をやるんでしょう。だとしたら、地廻りのやつらにつながるテキ屋とは、いい関係を保《たも》っていねぇと、嫌がらせをされてしまいます」

「かまわぬ。うちには栄次郎がいるから負けはせぬ、それに、お英もいるからな。テキ屋の親分などはいちころだ」

「そうでしょうけど、そう簡単にいかねぇのが裏社会ですからねぇ」

「裏社会など、なにするものか」

鼻息の荒い栄次郎を見ながら、元八はため息をつく。

一太郎はなおも続けた。

「それに、おかしな裏の連中が牙《きば》を向いてきたとしても、親分、いや、大家さん

がいたらそれで問題はあるまい」

「わかりましたよ。くわしくお聞きしましょう」

そうこなくては、と栄次郎は破顔する。

一太郎は、奥山で姿を消した子がいるらしい、とお巳代たちの話を続ける。

「なるほど。まぁ、越後獅子の子どもたちは不遇の子たちが多いといわれていますからねぇ。逃げだそうとする者たちも多いと聞きます。でも、ほとんどは見つかって折檻《せっかん》を受け、大怪我をして命を落とす子たちも多いと聞きますが」

「そんなに待遇が悪いのか」

「旦那が考えているより、悪の世界はひでぇもんです」

「居酒屋などやっている場合ではないのぉ」

大輔のちらり目線が恐ろしい。


お巳代たちがふたたび稼ぎに出ていった。ごちそうさま、とていねいに頭をさげる三人を見て、その健気《けなげ》さに、お英は涙が出そうであった。

お英は仙台の町でも大店といわれる白藤の娘だ。同じような暮らしはできなくても、子どもらしい暮らしをさせるのが親なのではないか、と憤慨しているのである。

そんな意見を述べると、栄次郎は暗い顔で話してくれた。

「あのような者たちは、ほとんど親なし兄弟なし、親類からも見捨てられた者たちなのだ」

「それは、つまりは売られたという話ですか」

「親から売られた場合もあろう。世話を頼まれた育ての親が、面倒になって売ってしまったという話も漏れ聞く」

「なんてひどい」

「おまえは、そう考えたら幸せな暮らしをしてきたのだ」

「……その分、恨みをかってひどい目にも遭ってますけどね」

「そうなのか」

「その話はしたくありません。それより、お巳代ちゃんたちは今後どうなるのでしょう」

「さぁなぁ。木助の居場所がわかるまで、つらい目に遭わされるのは目に見えておる」

「理不尽ですねえ」

「生きるちゅぅのは、理不尽の海を泳ぐ毎日なのだ」

「……そうかもしれませんね」

憂いを見せるお英に、栄次郎は悲しみの色を感じた。世間的には大店の娘であり、美人三人姉妹の末っ子である。それなりの贅沢はさせてもらえていたことだろう。それなのに、いまの顔はなんだろう。

――お英には他人にいえぬ、過去がある……。

つい栄次郎は、そんな裏を考えてしまった。

本人に聞いても答えてはくれまい。ならば、自分で調べるか……。

いやいや、陰でそんな行動を取ったと知られると、どんな目に遭うかわからない。やめておこう。栄次郎は苦笑する。

お英も、栄次郎がお英に対して不審を感じたと気がついている。しかし、裏の二割の部分を話す気にはなれない。永遠に秘密にしなければいけないのだ……。

いまは己の話はどうでもよい。

翌日……。

桃の花の開店日である。

それでもお英は、不忍池の池、弁天堂の前でとんぼを切っているお巳代たちを見ていた。

三人には、親方から監視の目がつけられているらしい。見まわすと、目つきの悪い男がお巳代たちの動きを見張っていた、木助と同じように逃げられたら困ると考えているのだろう。

嫌なやつだ、と目つきの悪い男を見ていたが、ふと視線を感じて振り返った。

だが、そこに知りあいはいない。

どこから飛ばされた視線かと、お英は心気を研ぎ澄ませた。小太刀を習いはじめてから、そんな力を使うことができるようになっていた。

消えた。

気は発せられたときだけ感じられるわけではない。突然消えたら、それも感じることはできる。強い気であればあるだけ、消えた空《くう》が視える。

消えた方角に目を向けると、大店の番頭ふうの男が、観客のなかから離れていくところだった
――あんな人が……。

かなり強い心気であった。剣術などをやったことがある者でなければ、あれだけの気を発することはできないだろう。近頃では町民も剣術道場に出入りする。

あの番頭ふうの男も、剣術を習っていた可能性は高い。

男は大きな風呂敷包みを抱えていた。おそらく、このあたりには商談か金策などで来たのだろう。白藤の番頭たちが同じような格好で、仙台の町中を歩きまわる姿をよく見ている。

お巳代の演技が終わり、お英のもとに走ってきた。

「お英ねぇちゃん」

ねぇちゃんといわれて、照れながらお英は答えた。

「いつまで働くの」

「うん……ずっと、その日の稼ぎを手に入れるまで」

まだまだ届いていない、とお巳代はつぶやいた。

「よぉ、ねぇちゃん、なにをしているんだ」

後ろから目つきの悪い男が声をかけてきた。髷を横流しにして、崩れた着流し姿は、どこから見てもあまり頭がよいとは思えない。

「仕事の邪魔をしてもらいたくねぇなぁ」

「あら、私、この子たちが贔屓《ひいき》なんですよ」

にこりとしてみせると、男は目を見張る。こんなとき、お英の美貌は力を発揮する。

「この子たちと、夕飯を食べたいのですが、許してもらえますか」

「……しかし」

「あなたさまは、お巳代ちゃんたちを守ってくれているんですよね」

「う、まぁ、そうだ」

「では、ご一緒にどうです」

「なにぃ、おれも一緒にだと……」

「はい、ぜひどうぞ。すぐそこに開店したばかりの店がありますから、そこでどうでしょう」

男は、お英の顔とお巳代たちの顔を交互に見つめて、最後は、まぁいいだろう、と答えた。

三

桃の花は、開店したばかりというのに、客席は埋まっていない。

目つきの悪い男は、磯吉《いそきち》という名だった。お銚子をあっという間に三本も空けて、酩酊《めいてい》しはじめている。お英は磯吉に詰め寄った。

「磯吉さん、親方の住まいはどこなんです」

「親方だと……なんでそんなことを聞くんだい」

「あら、私、お巳代ちゃんたちの贔屓ですからね、一度、ご挨拶にうかがって、ほら、ね、付け届けとかいろいろありますよね……」

磯吉は、ははぁ、とさもなんでもわかっているふうな目をする。

「なるほど、親方に取り入って、お巳代たちを楽にさせたいって魂胆か。だが、それはいまは無理だな」

「あら、どうしてです」

「木助がいなくなったからだ。全体責任だからな」

お巳代たちは、木助を入れていつもは四人ひと組で働いていた。それが崩れたのだから、いまはなにをいっても無理だ、と磯吉はいうのである。

「まぁ、親方はそんなに厳しいんですか」

「あぁ厳しいな」

そこまでいって、よけいな話をしていると気がついたらしい。

「おっと、親方の話はそこまでだ。これ以上はなにもいえねぇぜ」

お英はじっと磯吉を見つめる。ひと押ししたら、口は滑《すべ》るだろう。

「親方の名前と住まいを教えてください。そこに、磯吉さんも住んでいるんですか」

「おれは、住みこみじゃねぇよ。親方の名は左之助《さのすけ》。浅草寺裏に住んでいる。おれは今戸だ」

磯吉がいうには、主だった手下は磯吉のほかにふたり。抱えている越後獅子はお巳代たちのほかに、五人。

いちばん年長の男が力丸《りきまる》といい、まとめ役をやらされているようだ。

「野郎がいちばん力もあるし、やりかたも汚ねぇ」

磯吉は吐き捨てた。力丸のことが嫌いらしい。親方のお気に入りのせいか、磯吉たちにも反抗するし、仕事もてきとうに休むなど、勝手な振る舞いをしている、と憤《いきどお》る。

力丸と磯吉の関係は使えるかもしれない、とお英は感じた。ふたりをどんどん反発させたら、お巳代たちを救う手立てが生まれるかもしれない。

いさかいが起きると、その組織は内部から崩壊するものだ。

戸が開いて、客が来たと思ったら元八だった。ところがその顔を見ると、磯吉が腰をあげようとあたふたしている。

「どうしたんです」

「あっしは、あの親分が苦手なんです」

逃げようとしたところへ、元八がどんと音を立てて座った。

「おやぁ、磯吉、どうしてこんなところにいるんだ」

磯吉は、お英に助けてくれといいたそうである。お英は、お巳代たちの監視をしていたから、自分が連れてきた、と答えた。

「へぇ、いつの間に、越後獅子の監視役になっていたんだ」

「すんません」

「謝れといっているわけじゃねぇ」

ふたりの関係をお英が尋ねると、こいつはこそ泥だった、と元八が教えてくれた。何度か捕まえたことがあるという。

「悪事はやめたのかい」

「いまは、きちんとしたところで働いていますよ」

「子どもたちを食いもんにするようなところで働いていても、あまり自慢にはならねぇなぁ」

「物盗りからは足を洗いましたからね」

「本当か」

「もちろんでさぁ。そんなことをしたら、親方にこっぴどく殴られてしまいますからねぇ」

親方はまともだとでもいいたそうである。

ふん、と鼻を鳴らして、元八はお英に目を向けた。一太郎はどこにいるのかと聞く。開店の報告のため、お屋敷に戻っていると答えると、あぁ、若さまでしたねぇ、と笑う。

「笑ったら失礼ですよ」

「いや、すみません。ですが、なんとなく若さまという偉い身分の人には見えねえもんでしてね」

話はそこで切った。そばに磯吉がいると思いだしたからだった。

お巳代たちは離れたところで、大輔と遊んでいる。年齢が近いから気が楽らしい。

元八がなにかいいたそうにしている。やたら大輔を見ているのだ。お英は、元八がなにをいいたいのか気がつき、お巳代たちを呼んだ。

「今度は、私が遊び相手になりますよ」

大輔を元八に渡すためであった。

お英は三人を連れて湯島天神に行った。磯吉もしかたなく、くっついていく。そのまま三人が逃げだしでもしたら、大事である。木助が消えてお巳代たちまで消えたとなったら、磯吉の命も危ない。

楽しそうにする三人とお英の後ろを、磯吉は千鳥足《ちどりあし》で追いかけていった。


大輔は元八の前に座ると、なにかわかりましたか、と聞いた。

「越後獅子がお店者と話しているところを見た者が、数人見つかりました」

「お店者。誰です」

「人相書きを回覧して判明しました。内藤新宿にある旅籠、足立屋《あだちや》の番頭、湯吉《ゆきち》という野郎です。浅草や両国などに足立屋の顧客がいるそうで、集金などで来ているようですねぇ」

「子をさらうような悪人ですか」

「頼まれた内容で探りを入れてみましたが、湯吉は賭け事とも、女とも無縁でしたねぇ」

「お店に命をあずけているのか」

「そんな印象でした、知ってる者に聞くと、主人にべったり、という感じだそうです」

「主人のためなら、子どももさらう……」

「湯吉が木助をさらった張本人だと思いますか」

「まだ、その番頭の人となりが不足です」

「では、やつを調べます。必要な内容を……」

「所帯持ちか、子どもはいるか、主人との関係は、店の御新造《ごしんぞう》との関係はどうか。いい仲の女はいるか、生まれ、育ちはどこか、いつから足立屋で働いているのか、番頭になったのはいつか、敵はいるか。借金はあるか、賭け事は好きか、そして気味が悪いほど子ども好きではないか」

「気味悪いほどの子ども好き……いますねぇ、そんなやつが」

的確な指示を出す大輔を、元八は認めている。

「なんとか調べてみましょう」

「内藤新宿に行くんですね」

「そのほうが早ぇかと」

元八が、いま大輔に探索の指示をもらったところだと告げながら、湯吉の話をした。

「その男は内藤新宿にいるんですね」

「足立屋の番頭という話です」

「元八さん、内藤新宿に行くんですか」

「へぇ、そのつもりです」

「私も連れていってください」

「え……そ、それは……」

「なにか不都合がありますか。私が町方ではないとまずいかしら。もしそうなら、親分の下っ引きとして連れていってください」

「いえ、それは、そのべつに連れていくのはいいんですが」

「なにか問題でも」

お英が戻ってきた。お巳代と磯吉たちは、またどこぞへ稼ぎにいったという。

横目でちろりとされただけであった。

「大輔さんにそんな言葉をかけられると、緊張しますなぁ」

「気をつけてください」

大輔が、ぼつりといった。

「お英さんと歩くのは、大変だと思っているのです」

「あら、どうしてです」

「お英さんが歩くと、草木もなびきますから」

「まぁ……」

「元八親分は照れているのです」

「まぁ、可愛い……」

がたぴしと音がして、一太郎が戻ってきた。憤慨した顔つきである。また父の宗久になにかいわれたのだろう、とみなが顔を見あわすと、

「仁丸が病に倒れた」

「おや、それは大変」

叫んだのはお英である。

「それを私のせいだと、お田鶴の方はわめているらしい」

「どうして、そんな話になるんです」

「呪詛《じゅそ》しているのだろうというのだ。馬鹿ばかしい」

大輔が大笑いする。

「そんなことで人が病に倒れるなら、私は殺したい相手が両手両足では足りません。全員、呪詛して殺します」

「おまえでもそんな相手がいるのか」

奥から、包丁を持った栄次郎が姿を現して聞いた。大輔は、ちろりと横目を流しながら、ひとり増えました、といった。

「おや、いままで入っていなかったとは、これいかに」

やめいやめい、やめろ馬鹿者、と一喝する。一太郎は本当に機嫌が悪い。

四

木助は湯吉らしき男に連れていかれたらしい、と元八が話すと、

「怪《あや》しげなほどの子ども好きの仕業かもしれない」

大輔が目を細める。

「まぁ、気持ちの悪い」

お英は両手で胸前をおさえ、肩をすぼめる。

「そう決まったわけではありませんからね。おかしな噂は流さねぇようにお願い

しますよ」

元八は、釘を差した。

すると、一太郎が元八に伝える。

「私も内藤新宿へ行こう」

「え……旦那もですか」

「も……とは、誰が行くのだ」

「お英さんです」

「三人旅も楽しいかもしれんぞ」

「旅というには近すぎますけどね」

にこにこしながらお英がいった。元八は、三人かとうんざりといった顔つきである。もっとも、お英とふたりだけというのは荷が重いと感じていた元八としては、一太郎が一緒だと思えば、少しは気が楽になるかもしれない。

「旦那、いつから行けますか」

「いまだ」

「いまからですかい」

「いまだ、すぐ行く。お英、用意せよ」

お英は一度根津に戻って支度をしてくるといって、桃の花を出た。

「旦那はいいんですかい」

「お英がいろいろ用意してくれるであう」

「さいですか。では、あっしもちょっくらねぐらに戻って、支度をしてきます」

残されたのは栄次郎と大輔のふたりである。一太郎はふたりを集めた。

「よいか、私たちが留守にしている間に、喧嘩は許さんぞ」

栄次郎が頭をさげる。

「お願いがあります」

大輔は、一太郎の命などどこ吹く風である。

「なんだ」

「内藤新宿に行ったら、唐辛子《とうがらし》を買ってきてください」

「唐辛子だと」

「内藤唐辛子は、内藤新宿の名産です」

信州高遠《たかとお》藩内藤《ないとう》家の下屋敷のなかを、街道が通ることとなった。つまり、日本橋からの街道は、内藤家のなかを突っ切ったのである。

内藤家はその土地を、幕府に返上した。そこで、内藤新宿の名で呼ばれているのだった。

このころ、ほとんどの大名屋敷では菜園を持っていた。そこで育てた野菜などを、市場にも売りだしていたのである。

内藤家も同じであった。なかでも人気があった野菜が唐辛子である。やがて、その種が近在に伝わり、名産品となっていたのである。

やがて、浅草の薬研堀《やげんぼり》でも売られるようになり、さらに名を馳せるようになっていった。

「なるほど、そうであるか。ならば買ってこよう」

かぼちゃもお願いします、と栄次郎はいった。

「かぼちゃだと」

「内藤かぼちゃは、水分が多くねばりがあるといわれていますから、煮崩れもしにくいのです」

「……栄次郎、まるで包丁人のようないいかたであるな」

「もちろんです」

持っていた包丁を振りかざす。やめろ、と一太郎にいわれて気がついたようにおろした。大輔はそれも、ちらりと横目で見つめているだけである。

内藤新宿までは、日本橋から約二里。
結局、出立したのは翌日の明け六つであった。
湯島坂下から聖堂に出て、そのまま街道をまっすぐ西へ神田川沿いを歩いた
小石川、牛込、とそれぞれの御門を過ぎて、四谷伝馬町の通りに出た。
そこからさらに西へと向かう。
やがて、大木戸が見えてきた。
湯島を出てから一刻あまり。空は明けて雲一点もない。
木戸を過ぎると、左に玉川上水お役所があり、そこからは一本道。左右に表店《おもてだな》
が並んで壮観な姿が目に入る。
右に見える大きな伽藍《がらん》は、お化け地蔵や閻魔堂《えんまどう》で有名な太宗寺《たいそうじ》。左に見える黒
い屋根は、投げ込み寺として知られる天龍寺《てんりゅうじ》である。
一行は、仲町にある太宗寺の前で足を止めた。
目指す旅籠、足立屋が太宗寺の前に建っていたからである。
元八は近所の自身番に行き、足立屋について聞きこんでくると駆けだした。
お英は物珍しそうに、荷駄を左右に振り分けて担がされている馬を見ている。

天秤棒を担《かつ》いだ男や、大きな葛籠《つづら》をふたりがかりで運んでいる姿なども見られる。

「すごい賑《にぎ》わいですねぇ」

お英は人の多さに目を見張っている。

「こんなに賑わっているとは思っていませんでした」

「私もだ。甲州街道、日本橋から第一の宿場であるからなぁ。そう考えたら、この賑わいは当然なのかもしれぬ」

「これだけ人の目があるなら、木助ちゃんがかどわかされていたとしたら、目についているのではないでしょうか」

「それはただの憶測だ」

「……まだ、機嫌が悪いのですか」

「よくはない」

「まぁまぁ、あまり深刻にはならないほうがいいと思いますよ」

「仁丸などには負けたくないのだ」

「わかっております。そのためにも桃の花をしっかりやらないといけませんね」

「こんなところに来ている場合ではなかったかもしれん」

「木助ちゃんを助けた結果、金子が入るようにしたらいいだけのことですよ」

「うむ……そうであった」

少しだけ機嫌がなおったのか、一太郎は笑みを浮かべた。

「ところでお英」

「はい、なんでしょう」

「少し気になることがあるのだが」

「はて、私についてですか」

「そうだ。だが……うむ、まぁ今日はよいか。こんな場所で聞きだすような内容ではないからな」

お英の顔がかすかに曇った。

——あれがばれたのかしら……。

「だが、これだけはいっておく。父上との間にどのようなことが起きたとしも、おまえは汚れてなどおらぬから安心せよ」

「まぁ……」

「蹴飛ばしたのが……その、それまでどこまで進んでいたのか知らぬが、汚れてしまったなどと考える必要はないのだ。むしろ私は快哉を叫んでいるほどだ」

「これはまた嬉しいお話ですこと。惚れてしまいそう」

「男をからかうものではない」

「気をつけますわ、ふふ」

ひょうきんな言動の見た目とは裏腹《うらはら》に、お英の表情はまだ沈んでいるが、一太郎は気がついていない。

元八が戻ってきた。お英は気分を入れ替えようと襟《えり》を引っ張った。

「親分、なにか聞くことができたのかな」

「へぇ、ちょっと不思議な話を聞きました」

近所の自身番から教えられた内容を、元八は話しはじめる。

「どうも、あの足立屋の内情は、おかしなことになっているようです」

「おかしな内情とは」

「足立屋の当主は陽太郎《ようたろう》。ご新造はお町《まち》という名らしいですがね、お町さんは気が触れているんじゃねぇかという噂があるというんでさぁ」

「気持ちのいい話ではないな」

「噂ですから、どこまで真実かはわかりません。でも、そうなった理由は想像できるというんです」

陽太郎とお町の間には、九歳になる定吉《さだきち》という男の子がいた。昨年、その子が病で亡くなったというのである。それから、奥から怒声が聞こえはじめた、というのだった。

「なにかを投げつけるような音や、やめてくれという声も外に漏れていたといいますから、異変が起きていたのはたしかでしょう」

「ありえるな……」

五

番頭についても聞いてみた、と元八は続ける。

「湯吉なんですがね、これがまぁ主人の陽太郎べったりで、なんでもいうことを聞くそうです。どうやら店のなかでは、汚れ役を受け持っているとの噂もあるらしいです」

「汚れ役とはなんだ」

「旅籠にはいろんな客が来ますからねぇ。ときには護摩《ごま》の灰《はい》みたいな客もいます。悪党のなかには、難癖をつけて金子をふんだくろうとする輩がいるんです」

「嫌なやつだな」

「そんな輩を裏で排除する役目を担《にな》っているのが、湯吉ではないかと、まぁ、そんな噂です」

「噂はあまりあてにならぬか」

「火のないところに煙はたちません」

「そうか。呪詛を計画したなどという噂も、真実だと思われたら困るぞ」

「……なんの話です」

憎きはお田鶴の方だが、それでも義理の母である。表立って反旗《はんき》を見せるのは気が引ける。嫌でも父親の奥方なのだ。

「旦那……どうしたんです」

「いや、よい、気にするな。さて、これからいかがする」

私が乗りこみましょう、とお英がいった。

「乗りこんでどうするつもりだ」

「木助ちゃんがいないかどうか、聞いてみます」

「それは無理である。まともに答えてくれるとは思えぬ」

「かまいませんよ。どんな反応を見せてくれるか、それをはかるだけでも価値があると思います」

「そうか。よし、行ってこい」

では、と頭をさげて、お英は足立屋に向かった。

入口を入っていくと、使用人たちはみな足を止める。足を洗っていた旅客たちも、いっせいにお英に視線を送る。そんな視線には慣れているお英は、そばを通り過ぎようとした女中に、ご主人はいらっしゃいますか、と聞いた。

女中は驚いてお英を見つめる。怒っているような目つきである。陽太郎の妾《めかけ》かなにかとでも間違われたのかもしれない。よくあることだ。

「なんの用ですか」

「亡くなったお子さんについて、お話があると伝えてください」

え、と一瞬驚きの目つきをした女中は、定吉ぼっちゃまについて、とつぶやいた。そういえば、亡くなった子どもの名前は定吉だった。

わかりました、とあわてて女中は奥へ引っこんでいった。

子どもを理由にしたら、確実に会ってくれるだろうと踏んでいたのだ。女中はすぐ戻ってきて、どうぞこちらへ、と案内された。

座敷には陽太郎らしき男が、ひとりで座っていた。

簡素な部屋だった。旅籠としては大店の部類には入らないだろうが、二流の旅籠ではない。もっと贅沢でもしているのではないかと想像していたが、思いのほか質素に暮らしているようであった。

陽太郎は貧相な男であった。なで肩で目にも光はない。全身に憂いを抱えた雰囲気が漂《ただよ》っている。

——これは、なにか心配事がある顔ね……。

「定吉さんが亡くなってから、どれだけ経ちましたか」

「……それより、あなたはどこの誰です。どうして息子について話があるなどといってきたのです」

「申し遅れました。私、いまはこんな姿をしていますが、以前は門付《かどづけ》をやっていましてね」

「はぁ」

「いろんな噂が入ってくるんです」

「そうですか。でも、それと定吉と、どんなかかわりが」

「最近、ちょっと妙な話を聞きましてねぇ」

「はて、それはどんな」

「定吉さんが生き返ったのではないか、とまぁ、そんな不思議な話です」

「そうですよねぇ。一度死んだ子どもが生き返るはずがありません」

「まさか」

「なにがいいたいのですか、お帰りください」

ぴしゃりといいながら、陽太郎は息を呑んだ。お英がなにをいいたいのか、気がついたらしい。

「私の知りあいの子どもがいまして、越後獅子をやっている子どもなんですが、その子の姿が急に見えなくなったんです」

「お帰りください」

「その子の姿を、この店で見たという人が出てきたんですよ」

お帰りくださいの一点張りで、陽太郎はお英の話を聞こうとはしない。

木助について知っている態度だ、とお英は判断した。

「どうでしょう、この子の名前は」

話の途中で陽太郎は立ちあがった。奥に向かって、お帰りですと叫んだ。

声の雰囲気で気がついたのだろう、目つきのよくない男が廊下を走ってきた。

「旦那さま、いかがしました」

「湯吉……このかたがお帰りです」

わかりました、と男はお英の手を取ろうとする。お英の美貌を見てもまったく逡巡する様子もない。眼の前の目的にだけ集中しているといった風情だ。こんな男がいちばん怖い、とお英は心でつぶやいた。

湯吉は、ずんとお英の手首をつかむと、そのまま廊下へ引っ張っていく。痛い、とお英が叫んでも知らぬふりである。

――この人……剣術の心得がある……。

つかんだ場所が手首の急所だったのである。それほど力を入れられているわけではない、逆手を取ったわけでもない。それなのに逃げることができない。普通のお店者では、こんな技は使えないのではないか。

考えていた以上に、面倒なことになったような気がした。

一太郎に陽太郎と湯吉について伝えると、一太郎は難しい顔つきになった。

「面倒な話になりそうではないか」

ただの子どものかどわかしと思っていたが、湯吉がもし剣術を習っているとしたら、剣呑《けんのん》な話になってしまう。元八が十手を見せて脅したくらいで解決するような話ではなくなったらしい。

「湯吉という人は危険です」

「湯吉には用心棒もついていると、自身番で聞きましたしね」

元八が続けた。

「簡単にはいかぬな。大輔たちも呼んだほうがいいかもしれんぞ」

「あやつが来たところで役に立ちません」

不満な声で栄次郎がいう。

「そういうな。大輔は思いのほか棒術が達者であったではないか」

「そうですよねぇ、こんなとき大輔さんなら、自分がいることで勝てる数値はぐんとあがります、といいますよ」

くそ……栄次郎は不服そうな顔を引かない。

「汚い言葉はやめい。言葉は人の顔を美しくも醜くもするのだからな。気をつけよ」

ははぁ、と頭をさげる栄次郎ではあるが、どこまで理解しているものか。

「敵は数人いると考えたほうがいいと思います」

元八の意見に、一太郎はそうか、とうなずき、

「とうとう、敵という呼び名になってしまったな。それだけ相手は強力という話

になるのか」

一太郎は突然立ちあがり、部屋の端においてある文机《ふづくえ》を睨みつけた。

「まったく、なにゆえに父上は、息子は呪詛などしておらぬと否定せぬのだ」

えい、と今度は文机を蹴飛ばした。

「う……痛い」

「なにをするんです」

脛《すね》から血が流れている。真っ赤に腫れあがったと思ったら、みるみるうちに蹴飛ばした周辺が青くなりはじめた。

「大変な傷になりましたよ」

お英があわてて部屋の隅へ行き、持ってきた荷物のなかからさらしを出して、一太郎の脛に巻きはじめた。

「くそ、痛い」

「汚い言葉を使ってはいけません」

栄次郎に釘を刺されて、一太郎は苦笑するしかない。

立てますか、と問われて力を入れようとするが、痛いといってその場にしゃがみこんでしまった。

「ヒビでも入ってしまったかもしれませんねぇ」

「そんな馬鹿な」

「なにをそんなに怒り狂っていたんです」

元八が不思議そうな顔をする。お田鶴の方によって、呪詛の疑いをたてられているためなのだが、元八にそんな内実を話すわけにはいかない。

「なにか気に入らないことがあったんでしょう」

「ははぁ、やはり後継者争いなんですね」

「その言葉は禁句です」

きっぱりとお英にいい渡されて、元八はへぇと肩をすくめた。

「この傷では戦うことはできませんねぇ」

なんのこれしき、と一太郎はもう一度立ちあがろうとしたが、やはり無理だと座りこんでしまった。

「勝ちへの数値がさがりましたねぇ」

お英がため息をつく。

「むぅ、やはり大輔を呼ばねばならんらしい」

悔しそうに栄次郎は、一太郎の傷んだ脛を見続けている。

六

――おれは、定吉などという名前じゃねぇぞ。

見るからに、おかしな雰囲気を醸《かも》しだしている女が、自分をそう呼んだ。

木助を誰かと間違っているのだろう。

まさか、死んだ息子の代わりにされるとは、考えてもみなかった。

一緒に来てくれたら、稼ぎをいっぱいあげよう、といわれて、ついその気になってしまった。

いまさら後悔しても遅いが、それにしても腹立たしい。こんなことなら、お巳代たちと一緒にいたほうがよかった。

木助は、懐に手を入れる。

一瞬、ないと焦ったが、そうか、と思いだした。いつも懐にいれている木彫り人形は合図の印として、湯吉という野郎がいない隙を狙って、木の枝の上に置いてきたのだった。

誰か見つけてくれたらいいのだが、そうそううまくいくだろうか。そもそも木彫り人形を見たところで、なにかの合図と気がついてくれるだろうか。

そこまで考えると、不安に襲われた。

でも、負けねぇ。

おれはいままで、ひとりで生きてきたんだ。

おとうが死んでから、親類の家をたらいまわしにされ、最後は越後獅子に売られた。売ったのは、おとうの兄貴だった。

おれは邪魔な存在だと思いこんでしまった。でも、お巳代や里治、お糸と出会って、ひとりじゃねぇと感じるようになった。

それなのに、あのとき同じ場所ばかりでは金が稼げねえと離れてしまった。

いまさらながら、自分の阿呆さ加減が恨めしい。仲間は一緒にいなければいけなかったんだ。ひとりでも欠けたら仲間ではなくなる。

木助は、懐を探る。

まだ、途中の木彫り人形が入っている。人形の彫りかたはおとうから習った。

それを握《にぎ》ると、父親の声が聞こえてくる。

――負けるなよ、木助。

どうやったらここから抜けだすことができるか考えた。

夜陰にまぎれて逃げだすか、それともいますぐ、湯吉や使用人たちの目を盗んで逃げだすか。

どちらにしても、簡単ではない。

いままでも、逃げだそうと何度か試みた。そして何度も捕まった。どうしても逃げることができない。あの湯吉という番頭の目が、常につきまとっていたからだった。

さっきから外がうるさい。誰か来ているようだ。

木登りのふりをしたとき、枝に置いた木彫りの人形を、誰かが見つけてくれたらいいと考えていたが、いまだに誰も助けにきてはくれない。

こうなったら、ひとりで逃げるしかない……。

木助は、覚悟を決めて廊下へ出た。

いつもなら、すぐ駆けつけてくる湯吉という男の姿はない。

やはり、外でなにかが起きているような気がする。

逃げるなら、いまだ。

廊下に出た木助は、縁側に出られる場所を探した。以前、お町さんと歩きまわった中庭におりることができる場所があるはずだった。記憶を頼りに、廊下を歩きまわった。

途中、数人の使用人と出会いそうになった。だけど、みな焦っているのか、すぐ陰に身を寄せた木助の姿に気がつきもしない。

なにが起きているのか気になったが、そんなことより逃げるほうが先決だ。

ようやく、中庭におりられる縁側つきの部屋にたどり着いた。

よし、と木助は自分を鼓舞する。

周囲を見まわしても誰もいない。

木助はなんとか街道に出た。

そのときだった、首根っこをつかまれたのである。

やっと逃げることができた、と思った瞬間であった。湯吉が連れ歩いている浪人だった。

「おまえに逃げられたら、おれの報酬が消えるんだ」

嫌な声をあげながら、浪人は刀を抜いた。

蛇《へび》に睨まれた蛙《かえる》だった。

どうすることもできず、木助は覚悟を決める。

「殺しやがれ」

「ふん、度胸だけは認めてやろう」

「そんなものいらねぇ、いてぇのは嫌いだからな、さっさとやってくれ」

「ああ、いいだろう」

浪人は抜いた刀を振りおろした。切っ先が、木助の背中を切り裂いた。

その瞬間だった、木助は握っていた砂を、浪人の目に向けて投げつけた。

「く……くそ、このがきめ」

目潰しをくらった浪人は、逃げる足音を聞きながら薄目を開いてでも追いかける。

子どもの足と大人の足では、勢いが違う。

逃げながら斬られた背中から血が落ち続ける。その痛さに、走る速度が落ちてしまった。

足を止めたら一貫の終わりである。

振りまわされる刀を避けながら、木助は転びまろびつ逃げ惑う。しかし、何度か切っ先が木助の足、腹、肩と切り裂いた。

街道から外れていくと、小川があった。

思いきって飛びこんだ。血の流れが早くなるかもしれないと考えたが、いまのままでは、とどめを刺されてしまう。

身体中から血を吹きだしながら、木助は小川に飛びこんで気配を消した。

木こりの息子だ、泳ぎはあまり得意ではない。それでも、必死になるとなんとかなるものだ。

しばらくして川からあがり、草むらのなかに身をひそめていると、浪人の足音は遠ざかっていった。


じつはそのころ、大輔はお巳代たちと内藤新宿に来ていたのである。お巳代がどうしても、木助を助けたいといって聞かなかったからだ。といっても、親方が了承してくれるとは思えない。

その泣いた姿を見て、

「私がなんとかしよう」

と、大輔は、親方に談判した。そして開店資金から五両渡した。

それで数日の稼ぎを賄《まかな》えるだろう、と大輔が頼むと、親方はどうぞどうぞと、破顔したのだった。

子どもの足では内藤新宿まで、一刻ではつかないと考えていたが、毎日踊ったりトンボを切ったり、あちこち歩きまわっているからだろう。思いのほか早く着いた。

そして、下町あたりを歩きまわっているところだったのである。

足立屋があるのは、中町である。そこまであと数丁というところまで来ていた。

「木助さんをなんとか助けないと」

お巳代の決心は揺るがない。里治にしても、お糸にしても、その気持ちは負けてはいない。数年の間、四人で頑張ってきたのだ。

木助が仲間に入ったのは、昨年のことである。木こりの子どもというだけあって、持っていた木彫りの人形が珍しい形をしていた。

「これは、おとうが掘ってくれたんだ。だから、なんとなく変な形をしているだろう」

本当は熊《くま》なんだけど、見ると鹿《しか》なのか、うさぎなのか、馬なのかわからないようなおかしな形だった。

木助は笑っていたが、おとうが作ってくれたんだから不格好でもいいんだ、俺の宝だと笑っていた。

「おとうが亡くなって、俺はひとりになった」

お巳代も木助も、親類をたらいまわしにされて売られたのだ。

仕事は楽ではない。ちょっと稼ぎが悪いと、親方から折檻を受ける。

「そんなときはなぁ、おれはこの木彫人形を見て、おとうを思いだし、耐えるんだ。そしてな、最後はおれが親方になる。お巳代ちゃんたちを雇って、もっと楽させてやるぜ」

木助は笑いながら、お巳代に人形を一個くれた。

「俺たちが仲間だという証だ。ふたつしかねぇからな、みんなには俺が彫ってやるから待っていてくれ」

その言葉に嘘はなく、木助は寝る間を惜しんで木を削っていた。

だから、木助は私たちの大事な仲間なんです、と泣きながら訴えられて、さすがの大輔も心を動かしたのであった。

一太郎たちが泊まっている旅籠、高倉屋《たかくらや》の場所は、元八から送られた文で知っていた。すぐそこに行こうとしたとき、お巳代が叫んだ。

「あれは、木助さんが持っていた木彫人形よ」

不格好な人形が、見越しの松の枝に止まっていた。あのなかに木助さんがいる。

お巳代は叫ぶと、大輔の中止も聞かず店内に飛びこんでいた。

ばたばたと大きな音を立てながら、使用人がお巳代の前に集まってきた。大輔は、お巳代が危ないと抱えあげ、足立屋から外に連れだした。

里治とお糸が心配そうにしている。使用人たちが店から走り出てきた。大輔はお巳代を抱えたまま、逃げるぞ、と叫んだ。

逃げる途中、一太郎たちが泊まっている宿屋を見つけた。追手がいなくなったら、そこに逃げこんだらいい。

しばらく走り続け、草むらのなかに入った。息を荒くしながら里治がいった。

「誰かいる」

お巳代は大輔の胸からおりて、草むらのなかに入っていく。

「大変です。血だらけの木助さんが倒れています」

大輔は、お巳代のそばに駆けつけた。虫の息で男の子が丸くなっていた。

「木助さん……」

「お巳代ちゃん……来てくれたんだね」

「もちろんです。あの木彫りを見つけたんですよ」

「それは、よかった」

「店のなかに入ろうとしたんです」

「あぁ、あの大きな音は、お巳代ちゃんが助けにきてくれた音だったのかい」

「生きててよかった……」

お巳代が抱きしめている胸のなかで、木助は倒れこんだ。里治がおんぶすると
いって抱えた。

「私が背負おう」

大輔が背中を出したが、里治は首を振った。

「仲間はおれが助ける」

その顔には、木助の血がくっついている。

お糸は泣きはじめていた。

「お糸ちゃん、泣いちゃだめ。最後まで、どんなときでも諦《あきら》めてしまったら負けよ」

「そうね、わかった。もう泣かない」

大輔は、里治を諭《さと》した。

「仲間を守ろうとするおまえの気持ちは尊《とうと》い。だが、いまは一刻が勝負だ。私が連れていくから、渡したほうがいい」

しばらく里治は大輔を見ていたが、その真摯《しんし》な目つきにうなずいた。

大輔はおんぶした木助の息を確かめながら、ふたりについてこいといって、駆けだした。一太郎たちが泊まっている高倉屋は、すぐそこだ。

血だらけになった子どもと、その子を背負った大輔の顔にも、赤い糸が流れ落ちている。

凄惨な子ども三人が甲州街道を駆け抜ける姿に、旅人たちは驚いて足を止め、逃げ惑う娘など、阿鼻叫喚《あびきようかん》の様相になりかかった。

七

血だらけの木助を見て、みな怒り狂っている。

怪我を押して、一太郎は戦いにいくと叫んだ。それを大輔が止める。

「人は怪我をして痛みを感じたり、怒り続けていたり、極端に立ち直れないほどの貧乏に襲われると、知恵の泉が消えてしまうのです。つまり、誤った思考に陥ってしまいます。いまの若さまはそれです」

ようするに、じっとしていろといいたいのだ。

栄次郎は、お英を見つめる。

「行くか」

「もちろんです。木助ちゃんの仇を打ちます」

「敵は浪人だけではなさそうだぞ。大輔、得意の数値を出してくれ」

「敵が湯吉だけなら、栄次郎さんとお英さんのふたりで九割九分勝てるでしょう、ですが、もうひとり手練《てだ》れがいたら、五分を切るかもしれません」

その数値を聞いた一太郎は、なんとかして私も行くといってきかない。

「いえ、一太郎さんはいけません。知恵が落ちてますから」

「剣術に知恵がいるのか」

「そんなことをいったら、栄次郎さんに首をはねられます」

「私が行きますよ」

大輔が前に出る。元八も続いて、お供しますと頭をさげた。

いま町方が出てきたら面倒くさくなる。木助を誘拐したという証拠があがっているわけではない、と一太郎は元八の顔を見つめた。

「なに、十手を見せるだけで、逃げる野郎が出てきたら、それで儲けものです」

「なるほど、そのような使いかたもあるのだな」

「へぇ、十手は悪人をぶっ叩くだけに使うものではありません。恐れを与えるためには、いい武器になるんです」

「なるほど。顔は嫌いだが、いろいろ勉強になる」

「……そろそろ、顔が嫌いだという出囃子《でばやし》みてぇないいかたは、やめていただきてぇ」

「考えておこう」

宿の者が、文を渡してくれと頼まれました、といって封書を持ってきた。

それには、話があるから来てほしい、と書いてあった。

差出人は湯吉。やはり、お巳代の動きは湯吉に警戒心を与えたらしい。しかし、考えようによっては、敵をあぶりだすことができたともいえる。

「話しあいというより、これは決闘状だな」

栄次郎が厳しい顔を見せる。

決闘の日時は、明日。酉の下刻、十二社内にある熊野《くまの》の滝前。

周辺には大小、十二個の滝があると評判である。なかでも熊野の滝は、景勝地としても知られ、周辺には葭簀《よしず》張《ば》りが建てられ、縁台が並び、滝や堀池の景色を楽しむ姿が見られたのである。

「滝の水源は、神田上水の助水堀です」

大輔が知識を披露する。

「助水とはなんだ」

栄次郎が首をひねっている。

「神田上水があふれないように、水量を調節するために儲けられた池です」

池からの流れは、淀橋あたりで神田川につながっていた。

そして、翌日――。

一太郎は、栄次郎、お英、大輔。そして元八にも声をかけた。

「みな、頼む……そして、ひとりとして殺してはいかぬ」

「心得ております。われわれは町方でもなければ、恨みを晴らす仕事をしているわけでもありませんからね」

「そのとおりだ」

満足そうに、一太郎は栄次郎とお英を見つめて、

「殺してはいかぬが、叩きのめしてまいれ」

旅籠から出た栄次郎、お英、そして大輔。加えて元八の四人は、上町を西に進み、青梅街道へと向かった。

右に西方寺が見えてくると、十二社がある角筈村《つのはずむら》だ

遠くに、緑の景色が見えてきた。

「あれが、十二社権現《じゅうにしゃごんげん》でしょうか」

「そうですね」

お英の問いに、大輔が答えた。

そばに永井《ながい》家や松平《まつだいら》家など武家屋敷が並ぶが、遜色ないほど広大である。これなら十二個の滝が存在しても不思議ではない。

柏木町を右に見て成子を過ぎると、淀橋に出る。十二社権現に行くには、そこから左に曲がる。

風が冷たくなってきた。雨になりそうな空模様である。

「戦いにはちょうどいいかもしれんな。雨が降ると人がいなくなる」

「そうですね。滝の周辺には、景色を楽しむ人が大勢いるらしいですからね」

こんもりとした森のような広場に入った。滝の姿はまだ見えない。

ようやく、堀池が見えてきた。

「あそこだな」

高さ三丈、幅一丈といわれる大滝である。どうどうと流れ落ちる滝の音と、雷の音が重なって響きはじめた。

雷と一緒に、敵の姿も見えてきたのである。敵は何人だ、と栄次郎は目を凝《こ》らす。

「来ましたよ」

「四人ですね……」

お英がつぶやいた。

元八がいなかったら、勝利の値は五分以下になっていたのではないか、と栄次郎が問う。

「そうですね、親分がいて助かりました」

「そういってもらえると、嬉しいですねぇ。いままでそんなふうに褒められたり、感謝されるようなことはありませんでしたから」

「家賃をただにしてくれたら、もっと感謝するぞ」

栄次郎が笑いながらいうと、

「ご冗談を。それでなくても優遇しているんですぜ」

敵の姿が大きくなった。滝を見あげる途中に平坦な踊り場があり、そこに座ったり、立ったりしながら待っている。

「いやに余裕の姿を見せているではないか」

「虚仮威《こけおど》しでしょう」

元八が吐き捨てた。子どもをかどわかし、大怪我を負わせるような輩は、人非人《にんぴにん》だというのだ。妹のことを考えながらの言葉だと、みな気がついている。

「だからこそ、負けるわけにはいかぬのだ」

栄次郎が応じた。敵が滝の踊り場からおりてきた。

先頭を切っているのが湯吉だ、とお英がつぶやく。腰に長ドスを差している。

となりに浪人がいて、残りのふたりも浪人風だった。

「強いのは湯吉ととなりにいる浪人だ。残りはくそごみ……おっと、汚い言葉は禁止」

苦笑いしながら、栄次郎がつぶやいた。

「時間をかけるより先制攻撃です。早く仕掛けましょう」

大輔の言葉が終わらぬうちに、栄次郎とお英は走りだしていた。

湯吉の前で足を止めた栄次郎は、刀をすでに抜いている。

轟音とともに、ときどき空が光った。

音を立てて大粒の雨が降りはじめた。

足場は急激に泥へと変化していく。

こんなときは、足場をきちんと固めたほうが勝てる。栄次郎は草履《ぞうり》を投げ捨て、指で泥を掻き分けた。

水分を含んだ地面が掘られて、硬めの土に触れた。

「おまえが木助に怪我をさせたのか」

「私ではない。そこにいる菅原村次郎《すがわらむらじろう》だ」

「へぇ、そんな名前なのか。知らなかった。おい、菅原なんとやら、おまえの相手は私だ」

お英が湯吉の前に立った。大輔がとなりを固めた。

ふたりがかりで、湯吉と戦うつもりである。そのほうが、勝てる見込みは高い。

残りのふたりは、自分たちは無視されていると感じて、憤慨している。

ふたりの前には、元八が立った。これを見ろといって十手を取りだし、突きつける。それを見て、不安な顔を見あわせている。どうやら、人数を増やすだけに雇われた雰囲気である。

「いまならまだ間に合う。ここから逃げたら不問にしてやるがどうだい」

「なんだと……てめぇ、ただの犬のくせに生意気だ」

ひとりが元八向けて打ちかかってきた。お英も大輔も栄次郎も、元八に力を貸すだけのゆとりはない。だが、元八もそれなりの力はある。十手術を会得しているからだ。

といっても、ふたり相手では、そう簡単ではない。

すぐさま逃げだした。

敵はふたりで追いかけてきた。元八の身体が地面に這いつくばった。その体勢から十手が飛んだ。十手縄が、ふたりの足をぐるぐると巻きつけていく。

わっと叫んで、ふたりは同時に足を取られて転がった。

元八は石を拾って、ふたりの肩を叩きつけた。急所をつかれたふたりは、ぐうと唸りながら倒れてしまった。

やるな……と栄次郎はつぶやき、菅原を追いつめる。

後ろには、滝の流れが見えている。さっと後ろにまわった栄次郎は、水のなかに足を突っこんだ。

「滝場を選んでくれたのはありがたかった」

水切りの剣を使える、といいたいのだが、菅原はそんなことは知らない。怪訝な顔をした瞬間、水を蹴飛ばし栄次郎の身体が飛んだ。

切っ先から水が滴《したた》り落ちて、一瞬、菅原の目から相手が消えた。

しかし、そのまま斬られるようななまくらではない。

身体を折って栄次郎の剣先を躱《かわ》すと、態勢を整え横薙ぎに払った。

寸の間で避けた栄次郎は、振りおろした刀を下段からすりあげる。その際に、水も跳ねていた。

水滴が菅原の目を襲った。

逃げようとした瞬間、身体の中心がずれた。

「そこだ、くたばれ」

叫んだ栄次郎の刀は、菅原の額を割っていた。血が流れて視界を奪われた菅原は、そこから離れようとする。だが、栄次郎の飛び術が上まわった。

くらえ、と叫んで胸を蹴飛ばした。

「いまのは木助の分、これは、越後獅子の仲間たちの分だ」

今度は膝を蹴飛ばした。剣術道場主の足蹴りである。馬にでも蹴られたような衝撃だった。菅原は昏倒しながら、栄次郎を睨みつける。

「ふん、そんな目をしたところで、誰も助けやせん」

湯吉は周囲を見まわしている。ひとりになってしまい、逃げ道を探っているようである。

湯吉の足場はあまりよくない。お英はそこを狙った。小太刀を前に突きだしながら前進する。その後ろを大輔が固めていた。ふたりが襲ってくると判断した湯吉は、逃げ場がないと悟《さと》った。

くそ、と叫ぶと、斜《なな》めになった場所から飛びおりた。

そこにはお英の小太刀が待っている。しかし湯吉の腕も免許皆伝とはいかずとも、目録《もくろく》程度の力はある。お英とは互角だろう。

目の前に飛んできた湯吉との距離を、お英ははかった。

小太刀が届く間ではない。

もっと近づかないと、と考えているところに隙《すき》が生まれた。湯吉が飛びこんできた

危ない、と声が聞こえた。後ろから、大輔がお英の身体を横に押した。お英はその場にしゃがみこむ。

その隙を狙って、湯吉の長ドスがお英の脳天に落ちかけた。大輔の六尺棒が飛んだ。棒は、湯吉の股間にはさまった。

足の動きを封じられた湯吉は、転がっている。立ちあがったお英の小太刀が、湯吉の鳩尾《みぞおち》を突いていた。

卒倒した湯吉の身体を蹴飛ばし、栄次郎がお見事と叫んだ。

「そうだ、忘れていた」

そういうと栄次郎は、苦悶の表情で転がっている菅原の場所に戻っていった。

「これは、俺の分だ」

鳩尾の周辺を思いっきり蹴飛ばした。ぐぅと唸って、菅原は恨みの目を向けながら、腹のなかのものを吐きだした。

「汚ねぇなぁ、そんなことができぬようにしてやるか」

「栄次郎さん、もういいでしょう」

お英が止める。やりすぎるのもよくない。一太郎が知ったらまた怒り狂って、今度は脛だけでは終わらなくなったら困る。

あとの処理はこちらでやっておきます、と元八が請け負った。近所の自身番にいって、土地の御用聞きを連れてくる、というのだった。

頼む、と栄次郎は頭をさげた。

お巳代たちが待っている高倉屋に戻ると、木助は気がついていた。

「お巳代の看病は献身的であった。私にも、これくらいのおなごがいていてくれたら嬉しいとさえ思ったほどであるぞ」

恥ずかしそうに背中を見せて、お巳代は水を含んだ手ぬぐいを絞っている。

木助の身体は、医師によるさらし巻だらけになっていて、ほとんど身体が見えない。

目だけを動かしながら木助は、湯吉たちはどうなったかと聞いてきた。

「心配するな。おまえたちの仇は討った」

「ありがてぇ。これでおれも帰れる」

この身体ではまだ無理だ、とお巳代が心配そうに答える。医師からまだ動かしてはだめだ、ときつくいい渡されているからだ。

木助がお巳代に、あれを持ってきてくれ、と頼んでいる。お巳代が部屋の隅にある柳行李を開く。木助が着ていた小袖のたもとから、小さな木彫りの人形が出てきた。まだ途中なのだろう、形は歪《ゆが》んでいる。

「血だらけで死にかけたおれを見つけてくれた。お巳代ちゃんたちを助けてくれたし、おれを運んでくれた。あんたにあげるぜ」

お巳代が木助の代わりに、大輔に渡した。大輔は、見つけたのはお巳代だ、といいそうになって口をつぐんだ。

「まだ途中だからな、身体が治ったら仕上げてやる。それと、栄次郎さんとお英さんにも、元気になったらかならず彫るから待っていてくれ」

その言葉を聞いたお英が、ぐすりと音を立てた。

「おまえはかならず親方になれるぞ」

栄次郎の言葉に、喜助はそうかなぁと涙をこらえながら答えた。

お巳代が泣いている。里治は袖で目を覆い、お糸は声をあげて泣き喜んでいる。

「仲良きことは、よきことであるなぁ」

一太郎は、満足そうにつぶやいた。

「ところで、人助けが終わりました。どこから収入を得ましょうか」

大輔は頭のなかで算盤《そろばん》を弾《はじ》いているようだ。

「左之助から取るつもりであったが、理由が見つからぬ」

「では、足立屋からですね。主人の陽太郎からいただきましょう。今回のかどわかしは、湯吉が勝手にやった話としても、世間に噂が流れたら旅籠としては致命傷です」

「なるほど、では……」

「はい、私が行ってまいります」

お英が立ちあがった。

「うむ、初収益であるな、この調子で稼ぎ続けて、お田鶴の方をぎゃふんといわせてやるのだ。仁丸に負けてなるものか」

勢いづく一太郎の顔は、満足そうに上気している。

窓から入ってくる日差しは、夏真っ盛りであった。

第四話　母を訪ねて

一

江戸は、夏真っ盛りであった。

桃の花の店内は、暑いためかそれともほかの理由があるのか、閑古鳥《かんこどり》が鳴いている。

店の端に座っているのは、元八である。ここ数日、毎日見まわりの帰りに寄っているのだ。

「御用聞きがそんなところに座っていると、客が逃げるから来るな」

栄次郎は、包丁を振りまわすが、

「そうはいきません。あっしはこの店の大家ですからね。いまはまだ大目に見ていますが、目こぼし期間は三か月です。その間、みなさんがどんな仕事ぶりをしているか、見張っていないと」

「おまえがいたら客は逃げる」

「……逃げる客は見あたりませんがねぇ」

いま、店には客がひとりもいない。

「目障《めざわ》りなやつだ」

「一太郎の旦那がいないようですが」

一太郎は店にいても邪魔になるだけだ、とお英にいわれて、湯島坂下のほうにいる。

なにしろ、客扱いがへたすぎる。客商売には向かない、とお英に断じられてしまったのであった。

「それに、あの旦那はどうも近頃、怒りっぽくていけねぇ」

短気になっている、と元八はいう。

仁丸君の病はいまだに回復していない。

その原因を、後継者争いをしている一太郎が呪詛をしているせいだ、とお田鶴の方がいいふらしているらしい。そんなこともあり、一太郎は機嫌が悪いのだ。

不機嫌な顔つきで接客をされても困るのである。

いま、店のなかにいるのは、お英と栄次郎のふたりだけだった。

大輔もいない、と元八は店内を見まわす。

「あの人は数字にしか興味がないのですよ」

根津の屋敷で、今後の試算をしているという。

「なんだか、わからねぇ人ばかりだなぁ」

「そのうち客が入って、さばききれないほど人気が出ますから、大丈夫です」

お英の言葉にも、元八は疑わしそうな目つきである。

そこに、客が入ってきた。

縞《しま》の合羽《かっぱ》に三度笠。見るからに旅人ふうの男だった。

「こんな……いかにも、ってな格好をしている男がいるとは」

それに、いまは夏である。暑くてしかたがないだろう。

普通のやくざは、こんな姿はしない。やくざだと知れると泊まりを拒否する旅籠もあるほどだ。誰もが、親分子分の盃をもらって賭場から賭場への旅をしているわけではない。

顔を見るとまだ十代終わりか、二十代そこそこだろう。渡世人としても年季が入っているとは思えない。名のあるやくざでもなさそうである。

天明の飢饉以外、どっとやくざが増えた。地方の百姓が食えなくなり、土地を捨てて、そんな姿になる連中が増えたからであった。

元八が御用聞きだとは気がついていないらしい。そんなところからも、やくざとしては駆けだしだと感じる。

おかしな客は、なにか食い物はありますか、と聞いた。

「味噌《みそ》たぬき鍋がありますよ」

お英が答える。

「味噌たぬき鍋……なんですかそれは」

「仙台味噌を使ったたぬき汁です」

「……仙台ではそれが名物なんですか」

「いえ、桃の花名物……です。じつは、里芋《さといも》や葱《ねぎ》などが入っています」

笑いながら、お英は答える。たぬきが入ったただの味噌汁なのではないか、とも思っているのだ。

栄次郎が編みだした、たぬき汁なのである。そんな品書きを作っても、誰も食べないだろう、と一太郎は呆《あき》れているのだったが、客は違ったらしい。

客は、それをくださいと頼んだ。

珍しい男だ、と元八は視線を飛ばしている。店内で暴れるようなことはしなさそうだが、腹を空かせた若者で、しかもやくざっぽい姿に、警戒をしているのである。

だが、客は出されたどんぶりを二杯も食べた。

よほど腹が減っていたらしい。元八も一度試食してみたが、たぬきの匂いが強くて、うまいとはいえなかった。

それを二杯も食べるとは……。

ふぅ、と大きく息を吐いた客は、立ちあがると、お代はいくらですか、と聞いた。

お英が、二杯ですから……というと、

「ありません」

「え……」

「私、金子《きんす》がまったくありません」

「な、なんですって」

お英の切れ長の目が丸くなっている。

客の宣言が聞こえたのか、栄次郎が包丁を持ちながら出てきた。二杯も食べてくれてありがたいと思っていたところ、無銭飲食と知りすっ飛んできたのだ。

「おい、おまえ、なんていった」

こんなときの栄次郎の目つきは、人殺しそのものである。

もっとも、人を斬ったことなどないと本人は断言しているが、大輔は嘘ですね、といい続けている。

「……すみません、腹が好きすぎてつい」

「最初から払う気はなかったのか」

「……外から見ていたら、このお店のおねぇさんが優しそうでしたから、ここなら、なんとかなるのではないかと思いました」

「なんとかなるとは、なんだ」

「なにか手伝わせてください。お代の分、働きます」

「この馬鹿者が」

栄次郎は、元八に眼を飛ばした。

「おい、岡っ引き、捕まえないのか」

元八は、それまでじっと若い男を見ていたのだが、悪さをするような男には見えない。

「おい」

声をかけられた男は、そこでようやく御用聞きがそばにいたと気がついたらしい。あっと目を見張って、へたりこんだ。

「神妙にいたします……大変なことをしてしまいました」

「おめぇさん、名はなんというんだい」

「下総、八街村《やちまたむら》の尚次《なおじ》といいます」

「八街だと。砂埃だらけの町だな」

「そうかもしれません」

そんな話はどうでもいい、と栄次郎は男の肩をつかんだ。

「おい、働きたいといったな」

「はい、なんでもします」

元八を見ながら若い男は答えている。

「栄次郎さん。こいつは悪人ではありませんぜ」

「馬鹿者、ただで食おうとしたんだ、十分、悪人ではないか」

「ですが、本当の悪人は、店に入った瞬間にわかります」

「ふむ」

「この若い男は、店に入ってきてもまわりを見まわしませんでした」

「それがなにか関係あるんですか」

お英は不思議そうに問う。

「悪人はいつも命を狙われているから、全体を見る癖がついているんでさぁ。店に入ったら逃げ道を探すとか、敵らしい男がいないかとか」

「元八さんに気がついていなかったんですね」

「ようするに、馬鹿だという意味だな」

栄次郎が笑いだした。

「馬鹿といいますか、まわりに目がいかねぇのは悪人ではないからです」

「さすが親分、わかりやすいですねぇ」

感心しながらお英はうなずく。

「だからといって、見逃すわけにはいかんぞ」

たぬきを猟師から買ったり、味噌を国元から送ってもらっているのだ、と栄次郎はいう。

二

尚次はいった。

母親とは二、三歳のころに離れてしまった。どうして離れたのか、育ててくれた祖母は教えてくれなかった。聞いたらいけないのだ、と子ども心に思っていた。

「母とはぐれた理由は知っているのか」

栄次郎は理由もなく、子どもを捨てる母親などいない、というのだ。

「知りません。母が祖母のところまで連れてきてくれたとは聞いていますが、どんな理由で捨てられたのか」

「捨てられた……本当に捨てられたのかどうか、わからぬではないか」

「祖母は、捨てたのではない、そのうちわかる、といってくれたのですが」

「で、わかったのか」

「いえ、教えてくれる前に亡くなってしまいました」

祖母が亡くなったために、江戸に出てきた、というのである。

「居場所はわかっています」

母親を昔から知っている行商人が、噂を聞いたというのである。

そこで、母を訪ねて江戸に出てきたという。

「ちょっと待て、それまでおまえはどんな仕事をしていたのだ。渡世人ではあるまい」

「はい、もちろん違います」

下総では百姓だったという。

「どうして、そんな格好をしているのだ」

「江戸まで行くなら、といって、知りあいの仁《じん》さんというかたが渡してくれました」

「そいつは渡世人か」

「違いますよ。二年前に近くに引っ越してきて、私と一緒に畑を耕《たがや》してました」

どうしてそんなやつがこんなものを持っているのだ、と栄次郎は首を傾《かし》げると、
お英は、以前渡世人だったのではありませんか、といった。

栄次郎はうなずいてから、

「そんな話はどうでもいい、問題は母親の居場所だろう」

そうですよ、とお英も続く。

「そのかたが本当に母親なのか勘違いか、しっかりと調べておいたほうがいいですね。もし間違っていたら大変なことになります」

そうですね、と尚次も納得顔である。

「そうだ、親分さん、調べていただけませんか、ここに……」

手を懐に突っこんで、はっと息を飲んだ。

「すみません、いまの話は忘れてください」

「おめぇ、金子を出そうとしたな。御用聞きを買収しようとするなんざ、とんでもねぇ野郎だぜ」

「買収だなんて、そんな」

「心配するな。親分にからかわれているだけだ」

笑いながら栄次郎が、元八を見つめる。

「どうだい、親分。人助けと思って」

「人助けはこの店だけで十分です。あっしは江戸の御用聞きですからね。よけいなことには首を突っこみません」

「江戸の元八親分は優しくて力持ちだ、と下総まで鳴り響くぞ。新しい土地を手にすることもできるかもしれんではないか」

「……もう持ってます」

「本当か」

「ふふ、栄次郎さんも騙《だま》しやすい」

「斬るぞ」

　こらこら、簡単に人を斬るではない、という声が聞こえて、一太郎が店に入ってきた。

「おや、どうしたんです」

「数字ばかり見せられて頭が痛くなってしまった。気分転換に、問題はないか見にきたのだが、どうやら、またおかしな話を抱えているような気がする」

　人助けですよ、とお英は笑う。

「いつの間に、桃の花は人助けの店になってしまったのか」

「若さまが、そのような性格をしているから、引き寄せているんですよ」

「それはよきことか、どうなのだ」

「もちろん、仲良きことと同じで、よきことです」

「そうか、それにしても仁丸め」

「……まだ、そんなことといっているのですか」

「まだ病が治らずにいるらしい。仁丸が早く快癒してもらわねば、こっちの気持ちもおさまらぬ」

「困りましたねぇ」

「だから、人助けをしている暇《ひま》などない……といいたいのだが、一応、話を聞いておこう」


話を聞き終わった一太郎は、なるほど、とうなずき、

「つまりこういうことか。尚次は子どものころに母と離れた。最近、育ててくれた祖母が亡くなった。それをきっかけに、江戸に母親を探しにきたと」

「ひと口でいってしまえば、そうなりますねぇ」

お英は尚次を見た。

「行商人は信頼できる人なのですか」

「長い間、江戸と八街を往復している人ですからね、嘘をついたとしても、得はありません。ただ実際に顔を見たわけではないそうですから、確かめたいと思っています」

そうか、と一太郎は得心する。

「尚次が母を探したいという気持ちは、わからぬでもない」

一太郎は、遠い目をする。

いまはお田鶴の方が母親である。まわりも知ってのとおり、あまりいい関係ではない。そんな思いも、尚次の気持ちに投影されたのかもしれない。

「親分、探してあげたらどうかな」

「あぁ、わかりましたよ。その代わり、家賃目こぼしの期間は短くさせてもらいますから、そのつもりで」

「そんな阿漕《あこぎ》なことをするのか」

叫んだのは栄次郎だった。

元八は、冗談じゃありませんぜ、と憤慨する。どれだけ優遇しているか、といいたいらしい。

「まぁまぁ親分、そんな冷たいことはいわずに、よしなにお願いいたしますよ」

お英が元八に近づき、胸をぽんとひと叩きした。

「こればっかりは、お英さんの頼みとしても、いけません」

「まぁ親分、ほらほら、栄次郎さんが刀を抜こうとしてます」

「斬るぞ」

店のなかでは刀は持っていないため、包丁を振りあげている。

「……わかました、とはいえませんね。江戸の御用聞きを斬ったら、どんなことになるか、旦那たちも知っていると思いますがねぇ」

「足元を見たな」

「分相応な意見を述べたまでです」

「む……そのいいようは、さしずめ親分は湯島聖堂の秀才だな」

「……ただの御用聞きです」

みなが白けていると、尚次がいった。

「あの、私のお代はどうしましょう」

三

仕事を見つけて返済すればよい、と一太郎は尚次を帰らせた。泊まるところはあるのか、とお英が心配するが、なんとかなります、といいながら出ていった。

その丸まった背中を見て、しょうがねぇ、といって元八が追いかける。空いている裏店にでも連れていくのかもしれない。

それから数日が過ぎた。尚次の姿はあれから見ない。元八は一太郎に頼まれた手前、母親について調べを続けているらしい。

「ところで若さま、仁丸君はどうなのです」

眉をひそめるお英の問いに、一太郎はあまりよくないと答えた。

「熱がさがらぬらしい。薬師がいろいろと手を尽くしているらしいがなぁ」

「まだ、呪詛の話は続いているのですか」

「お田鶴の方は、そう信じておるらしい」

「やっかいなお方さまですねぇ。そういえば、尚次さんの母親はどこに住んでいるのか聞き忘れましたね」

「名前も知らぬままだ」

栄次郎も苦笑する。

「町方ではないのだ、穴があってもしかたあるまい」

そこに元八が現れた。

「母親と思える人がいる場所を聞いておきましたよ、名前も」

「都合のよいときに現れる男であるな。さすが江戸一の親分」

おだてる栄次郎に、元八はちらりと目を送って、

「名前はお杉《すぎ》というらしいです。住まいは深川の永代寺門前とのことです。小森《こもり》屋《や》という米問屋のお内儀におさまっているそうですがねぇ」

「子どもを捨てておいて、自分はそんないい生活をしているとは、あまりいい母親とは思えぬな」

腹立たしそうに栄次郎がいった。

「まだわかりませんよ、尚次さんを捨てた理由を聞いてみないとねぇ」

お英は慎重だが、一太郎はなんとなく腑《ふ》に落ちない顔をしている。

「旦那、なにか心配事でもありますかい」

「そのお杉という尚次の母親は、どうして下総くんだりまで尚次を連れていったのか、と思うたまでのこと」

「それは、息子ですから」

「でも、わざわざ捨てるために、そんな遠くまで連れていくであろうか」

「どういう意味です」

「捨てるなら、その場で捨てるであろう」

「ははぁ、ただ捨てにいったわけではない、といいたいんですね」

「下総まで連れていくには金もかかる。時間もかかる。なにか理由がなければ、そんなことはせぬ」

「その目のつけどころは、さすが若さま」

「おだてるな。普通に考えただけである」

それでも一太郎はにやにやしながら、

「つまりは、目的があって下総に戻ったのだ。だが、なんらかの齟齬《そご》が起きて、
それでまた江戸に戻ったと考えたのだがどうだ」

そうですねぇ、とお英は首を傾げる。

「その考えもありますが、もっと深く読んでみました」

「聞こうか」

「お杉さんは、尚次さんを捨てるつもりはなかったのです」

「ふむ」

「最初から江戸に戻るつもりだったかどうかはわかりませんが、江戸では育てられない理由があったと」

「あるいは、江戸を離れたいと考えていた。しかし、途中で戻らねばならないなにかが起きた……」

「なるほど、説得力はあるな」

栄次郎もうなずいている。

「そして、江戸に戻り、なにかを成し遂げようとした……」

一太郎の言葉に、はい、とお英は応じて、

「その理由を探ったら、尚次さんを下総に連れていった理由も判明しますね」

よし、と一太郎はみなの顔を見つめる。これから、そのお杉に会って謎を解明しようという表情であった。


大輔に尚次の話を伝えると、いまの推理が当たる確率は六割五分だ、と答えた。

一太郎がそんなに低いのか、と問うと、

「江戸で女ひとり、子どもを育てるのはなかなか難しいでしょう。それも当時は、まだ赤子だったはずです」

地方で暮らしていると、子を捨てる母の話は腐るほどある。饑饉《ききん》以来、売られる女の子も少ないとはいえない。

「ちょっと待て。だとしたらお杉は、自分の身体をどこかに売るつもりだったとも考えられるではないか」

「そうです」

大輔はその疑惑を認めた。しかし、お英は反論する
「お杉さんは、小森屋のお内儀になっているとわかっていますよ」

「むしろ、いまごろ尚次さんが出てきたら困るのではありませんか」

大輔は、尚次が邪魔だったといいたいらしい。

「一度、苦界《くかい》に身を沈めてしまった。だけど、いまの旦那に落籍されたとしたら、大店の内儀におさまっていても不思議ではありません。つまりは、尚次さんの母を訪ねて何十理の旅は、無駄になる場合のほうが大きい」

その割合が四割五分だといいたいらしい。

「まぁ、そうだとしても、お英の説が残っている」

一太郎は、確かめてみるべきだと断言する。

元八は、深川は縄張りの外だから自分はあまり大っぴらには動けない、という。

そんなことを気にするのか、と栄次郎が問うと、

「あっしは仲間内でも嫌われ者ですからね」

自嘲の笑いを見せた。嫌われていなければ、少々縄張り違いでも、きちんと挨拶をしたら問題はないが、自分はだめだというのである。

「そんなに嫌われているのか」

栄次郎が揶揄《やゆ》すると、

「金持ちですからね」

てらいもなくいわれて、栄次郎は苦笑する。庶民の間なら金持ちは好かれるはずだが、十手持ち仲間はそうもいかないのかもしれない。

「いつか命を狙われて金を盗まれるのかもしれねぇ、という心配があるから、という理由もあります。普段はそんなに持って歩いてはいませんけどね」

「どの程度、持っているのだ」

「せいぜい五両ほどです」

ふざけるな、と栄次郎は吐き捨てるが、その金があるから、桃の花もときどき助かっている。

元八は小森屋についても調べてきた、といった。

小森屋は米問屋である。五年前、先代が亡くなった時期を境にして、となりにあった鍋屋の敷地を買い、間口五間から十間の店になったという。主人は道之助《みちのすけ》というらしい。

「お杉さんの旦那、道之助は、やり手ということか」

「まぁ、世間的にはそうなるのでしょうが、実際は違います。やり手なのは、番頭の宮二郎《みやじろう》だともっぱらの噂でした」

「道之助はあまり商才はないのだな」

道之助は無類の怠け者だというのである。店の差配《さはい》を宮二郎にまかせて、道之助は暇さえあれば賭場通い。

女にも目がなく、深川櫓下が近いのをいいことに、あちこちで女を買っている。ときには、家のなかに連れこむという狼藉《ろうぜき》を働くこともある、と元八はいうのだ。

「なんだいそれは。尚次のおっかさんが可哀相ではないか」

「もともと道之助という野郎は、家にも寄りつかずに放浪癖があったといいますからね。勘当されたのもそのせいらしい。加えて、女癖の悪さで評判はすこぶる悪い」

「男の風上にも置けぬやつだな」

栄次郎は憤慨する。

「へぇ、まわりから見たら、お杉さんは耐えているんだろう、との話でした」

「ろくでもねぇ旦那に嫁いだものだ」

「郭《くるわ》から落籍されたとしたら、そんな旦那でも文句はいえねぇのかもしれませんねぇ」

元八の言葉に、お英は吐きそうな顔をしている。

「そんなところに尚次を連れていってもいいのか」

一太郎は、怪訝な目つきをする。

「それは本人が決めることで、私たちが決める話ではありません」

大輔が一太郎を横目で睨《にら》みながらいった。

「本来なら、そうなのであろうがなぁ」

落胆するとわかっているではないか、と一太郎は続けた。

「でも、目的は道之助ではありませんからね」

お英が、会いたいのは自分の母親でしょう、という。

「それといままでの話には、大きな欠点があります。お杉さんが本当に郭にいたかどうかは、明白ではありません」

そこも元八は調べてきた、と答えた。

「たしかに、お杉さんがどこぞで女郎働きをしていたという証拠は出てきませんでした」

「それでは、いままでの推量は、すべて泡ではないか」

栄次郎が呆《あき》れている。

「でも、小森屋の内儀であることは間違いありません。尚次が八街に捨てられたときから半年後、お杉さんは道之助に嫁いでいます」

それも押しかけ女房だったらしい、と元八はいった。

いま尚次はどこにいるのだ、との栄次郎の問いに、元八は両国の船宿、貴船《きふね》という店だと答えた。

四

「ところで、小森屋にはとんでもねぇ過去があったんです」

三人は、まだ不都合な話があるのか、と呆れている。

「五年前、道之助が代を継ぐときの話ですがね」

道之助が店を継ぐひと月前、小森屋は強盗に入られて皆殺しに遭ってしまった、というのである。

「それはおかしい。道之助は生きておる」

「それがね……こんな塩梅《あんばい》なんです」

そのとき道之助は店にはいなかった。店どころか江戸にもいなかったという。

道之助は店が襲われる六年前に家出をして、勘当されていた。

ところが、実家が強盗で皆殺しに遭ったと知り、あわてて江戸に戻ってきたというのである。

「……道之助は本物なのか」

「誰でも疑いますやねぇ。なにしろ、親は殺されて使用人たちも残っちゃいねぇ。道之助の顔を見分ける人がいねぇんですから。六年も過ぎたら、男の顔は変わってしまいます」

先代には兄弟がいなかった。そのため親類も少ない。しかし、道之助の乳母だったお菜《さい》という女が現れて、道之助は本当に小森屋の息子に間違いない、と断言したらしい。

お菜を連れてきたのは、道之助である。お菜の言葉が決め手となって、道之助は小森屋の新しい主人となったのである。

「きな臭い話ではないか」

一太郎が首を傾げる。後継者という言葉には敏感なのだ。

「そういえば、お田鶴の方は呪詛返しをはじめたらしい。なんたる無謀、なんたる無知、なんたる無策……」

「……いまはそんな話はいりません」

元八が切り捨てる。大輔もそうだ、といいたそうに横目で睨んだ。

「そうして、小森屋は道之助のものになりました。そこに押しかけ女房として入ってきたのが、お杉さんです」

またわからなくなってきた、と栄次郎はため息をついた。

お杉の目的が推理できぬ、というのである。

その前に、と大輔が話を止めた。

「そのお菜さんというかたは、いまどちらにいるんです」

「あっしもね、気になって店のまわりに聞きこみをしたんですが、誰もそのあと、お菜がどこにいるのか知らないっていうんでさぁ」

ただ、まわりはお菜を覚えていた。それゆえ、お菜は本物だったという。

「わけがわからん」

自分は考えるのは苦手だから、なんとか話をまとめろ、と栄次郎は大輔を見つめる。

「いままでの話だけでは、私も大海で迷った鯨《くじら》です。それでもなんとか餌《えさ》のありかは想像つきましたが」

「もったいぶらずに、早くいえ」

「今後、どこを中心に据えたらよいのか、それを考えてみます」

大輔は、お菜さんは殺されているのではないか、という。

「でも、その数値は五分五分ですから、外れているかもしれません」

お菜が本物だとして、道之助が偽者だった場合、正体を知っているのだから、殺されてもおかしくはない。

逆に、金をもらって、どこかで悠々自適に暮らしているとも考えられる。

あるいは、本当に道之助は本物で、何事もなくそのままどこかでひっそりと暮らしているかもしれない……。

「なんだ、結局、なんの解決にもならんではないか」

栄次郎は、もっと確実な話をしろといいたいのだ。

「お菜さんの居場所を探しましょう。道之助が本物か偽者か、判断できるかもしれません。まぁ、お菜さんが嘘を突き通すということも考えられますけどね」

嘘は態度で読める、と元八は答えた。

「ちょっと待て」

一太郎が、みなを見まわす。

「なんだ、いまの会話は。われわれは桃の花で稼がなくてはならんのだぞ。意味不明な推理話などにうつつを抜かしていたら、困るではないか」

「尚次を助けてやれ、といったのは誰ですか」

大輔が睨んだ。

「それは、お杉という母親に会わせる手助けをしろ、といったまで。道之助が本物か偽者か、小森屋が皆殺しに遭った話など、どうでもよい」

「そんな了見では、家督を継いでも、名君にはなれません」

む……と一太郎は嫌そうな顔をする。

「なれるかどうかわからぬ。さっきもいったが、お田鶴の方は呪詛返しをして、私を亡き者にしようとしている」

「呪詛返しされたなら、それも返してしまえばいいではありませんか」

元八が笑いながら答えている。

「私は呪詛などしておらんぞ。馬鹿にしておるな」

「してませんよ、同情しているんです。あっしはつくづく、ただの金持ちでよかった」

「この痴《し》れ者め、斬るぞ」

栄次郎は本気のように包丁を振りあげる。元八はおおげさに両手をあげると、げげげ、と叫んで、その場にへたりこんだ。

「桃の花は、湯島の小芝居小屋か」

顔を歪《ゆが》ませながら、一太郎は天を仰いだ。見る者によっては、それも小芝居である。大輔は例によって横目で小芝居を見つめ、お英はよそ見をしながら、なにか思案ふうであった。


大輔の提案で、元八はお菜の居場所を探ることにした。金を使って、下っ引きを動かしてみましょうと、桃の花から離れていく。

栄次郎とお英は、小森屋を訪ねようと決めた。

出かけようとしたとき、栄次郎宛に仙台から文が来てます、と呼び止められた。おう、来たかと栄次郎は嬉しそうに開いて目を通す。

「おやおや、栄次郎さん。国元にいい人がいたとは、隅に置けませんねぇ」

お英が茶々《ちゃちゃ》を入れる。

「ふん、まぁ気にするな」

「どんなおかたなのです。栄次郎さんがお相手にする人ですからねぇ、さぞかし女としても剣術が強いおかたですね。ははぁ、わかりました」

「なにがだ」

「お相手は、以前の道場に剣術を習いにきていたかたですね」

「くだらんことというな」

そういいながら、栄次郎はまた文に目を落として、

「む……これは……」

突然、眉をひそめる。

「まぁ、振られてしまいましたか」

「行くぞ」

お英の問いには答えず、栄次郎は先に歩きだした。

小森屋は周辺のお店と比較しても、間口が広い。米問屋でもあるためか、入口は大きく開かれて、俵《たわら》を運ぶ人足たちが忙しく働いていた。

なかには梯子《はしご》を運ぶ者もいて、目的はなにかと見ていたら、積みあげた俵をそろえるためらしい。

お英は栄次郎に、道之助に会ったほうがいいだろうか、番頭の宮二郎を呼びだそうか、それとも、すぐお杉さんに会って尚次の話をするか、どれにします、と

尋ねる。

考えるのは苦手だ、といいながらも栄次郎は、道之助からだと答えた。

俵の積みあげを指示している男に向けて、道之助と会いたいと告げると、じろりと睨みつけられた。

「あんた、どこの女だい。金をせびりにきたんだろうが、旦那さんはいま店にはいませんよ」

「せびりにきたわけではありませんよ、ちょっとお聞きしたいことがあって、来たんですよ」

「あんた、宮二郎か」

唐突に栄次郎が聞いた。

「違います。宮二郎さんは奥で、算盤を弾いています」

「では、お内儀はどこにいる」

「奥さまですか」

男はかすかに首を傾け、今日はなにかの寄り合いがあるとかで、旦那さんの代わりに出席してます、と答えた。つまり、いま店にいるのは、宮二郎だけである。

「では、番頭さんにつないでくれ」

栄次郎の剣呑《けんのん》な立ち姿に、男は恐れをなしたのか、わかりましたといって、奥に引っこむと、すぐふたりで戻ってきた。

「私が番頭の宮二郎ですが、なにかお聞きになりたいとか」

腰の低い男だった。よく目の動く男である。人足たちの動きを追っているらしい。客を前にしてるのに、失礼な男である。

だが、お英の顔を見た瞬間、その目が止まった。

「……どこかでお会いしましたでしょうか」

「古い手を使っても無意味です。お杉さんについて教えてください」

いきなり問うのか、と栄次郎は驚いている。

「奥さまについてですか……はて、どのような」

「性格とか、態度とか、使用人から見て感じる人となりをお願いします」

「はてねぇ、優しいおかたとしかいいようがありませんねぇ。奥さまは表に関してはは、あまり口を突っこみませんから」

するとと、応対に出た男が口をはさんだ。

「奥さまは旦那さまよりは、店のことをよく考えていますよ」

「おまえ、よけいなことはいうもんじゃないよ」

「ときどき番頭さんと算盤を弾きながら、話をしているじゃありませんか」

宮二郎は、仕事をしろと男を追い払った。

——お杉さんは商売にも貢献しているんですね……。

お英は、宮二郎と応対した男の会話からそう推量した。

使用人や人足《にんそく》たちの動きを見ていると、道之助は遊び呆けているというのに、店はそれなりに繁盛している。宮二郎やお杉の力が大きいに違いない。

道之助が偽者だとしたら、商売については素人であろう。だから店に関しては放り投げているとも考えられる。

お英はそこまで思案すると、栄次郎に目を送った。帰ってきた目の動きで、栄次郎も同じような感想を持ったと思えた。

小森屋をあとにして、富岡八幡の二の鳥居を過ぎ、永代橋を渡る前であった。

栄次郎は、ふと足を止めてお英に聞いた。

「お英、憂《うれ》いていることがあるな」

「え……なんのお話でしょう」

「ときどき、おまえは悲しい顔をするときがある。それが気になっておった」

「まぁ、親心ですか」

「仲間心だ」

「私は憂いなど持っていませんから、大丈夫でございますよ」

そういいながら、以前のように薄っすらと瞳を滲《にじ》ませている。

「お気遣い、ありがとうございます。嬉しいです。これはいつぞやと同じで、嬉し涙です」

五

さらに数日が過ぎた。

尚次は、まだ会うなと元八に止められていたが、母親に会いたい気持ちをおさえられない。元八は、店について教えくれる。そのたびに気持ちは逸《はや》る。

――待っていられねぇ。

尚次は船宿を出た。船宿貴船は、両国橋から三囲神社方面に向かったところにある。

両国から深川までの道筋について、尚次は明るくない。それでも、道々尋ねながら深川八幡まで進むことができた。

小森屋の前まで来ると、尚次はここがおっかさんが住んでいるところか、と感慨にふけっている。

忙しく働く人足たちの間を縫って、店のなかに入った。

自分が息子だとはもちろん告げずに、尚次は働きたい、と告げた。働くといえば、警戒はされずに済むだろう。

案の定、面接をするから奥に入れ、といわれた。

そこは帳簿付けの部屋のようであった。帳場とは違い、横に長い文机の上に帳簿を開き、数字を書き留めながら、中年の男が算盤を弾いている。となりに、色の白い女が座っていた。

男が宮二郎だろう。そばにいる女がおっかさんか……。

尚次は、心が躍《おど》った。

いますぐにでも、おっかさんと呼びたいが、宮二郎の前では無理である。

宮二郎がいなくなったときを見計らって、告白しよう。

尚次は機会を待った。

なかなか面接は、はじまらなかった。宮二郎の書き物が終わってから、質問されるのかもしれない。

尚次は沈黙に耐えているると、宮二郎が厠に立った。そこで初めて女が、尚次に目を送ってきた。

――おっかさん……。

叫びたかった、だけどいまはまだ我慢だ……。

しかし、その辛抱も続きはしなかった。

すぐ宮二郎が戻ってくるかと思うと、叫ぶのはいましかないと思いこんでしまったのである。

「おっかさんですね、お杉さん、あっしです、八街の尚次です」

「……なんだい、藪《やぶ》から棒《ぼう》に」

「あんたと二歳のときに別れた尚次ですよ」

「……知りませんよ、そんな子どもなど」

お杉はけんもほろろである。それでも尚次は怯《ひる》まない。最初から冷たい態度を取られるのではないかと予測していたからだった。

己が生んだ子どもを忘れるわけはないだろうが、なにしろ十年以上過ぎているのだ。すぐ認めるとは思えなかった。

尚次は、おもむろに懐から守り袋を取りだした。

「ほら、これなら見覚えあるでしょう。どうしてこんな物が入っていたのか、わかりませんが、おっかさんなら教えてくれるはずです」

尚次は、守り袋に入っていた楓《かえで》の葉を取りだして、お杉の前に差しだした。

「こ……これは……」

途端に顔色が変わった。

お杉は尚次に目を向けると、すぐ立てといって、隣の部屋に引っ張っていかれた。

「これを持って、すぐここを出なさい」

十両手渡された。どういうことかと驚いていると、

「あんたが私の子どもだとは……」

「あ、わかってくれたんだね」

「わかりました、わかりましたから、これを持って、もうここに来るんじゃありません」

「でも」

「ここにいたら危険です。すぐ故郷に帰りなさい」

尚次はどう答えたらいいのかわからない。ゆっくりと親子の名乗りをあげようと思っていたのに、急な展開だ。

「もっとくわしく教えてくれ。どうして、ここに来たら危険なんだい」

「とにかく、いけない」

早く帰ってもう来るな、とお杉は繰り返し続けていた。

無謀なことをする、と尚次の話を聞いた栄次郎が、声を張りあげた。一太郎もお英も同じ思いだった。だが、大輔は違った。

「よくやりました。これでお杉さんの居場所が確認できました」

あっと尚次が叫んだ。

「守り袋を忘れてきました。というより、おっかさんが返してくれなかった。あれを取りあげるつもりだったのかもしれません」

「その可能性も残っていますね。守り袋には、重要な秘密が隠されているからでしょう」

「なんだ、その重要な秘密とは」

「わかりません。誰も知らないから秘密というんです」

相変わらず腹が立つような物言いである。

「呪詛返しではないな」

「若さま、その話から離れてください」

お英の言葉に、一太郎は苦笑しながら、

「それにしても、お田鶴の方はなにを考えておるのか……おっと、やめておこう。大輔、今後の方針はどうなのだ」

「はい、どうしたらいいでしょうかねぇ。元八さんから、道之助について調べた結果を聞いてからにしましょう」

元八は、ほとんど毎日顔を出すのだが、今日はまだだった。

うなずいた一太郎は、元八が来るまでちょっと出かけてくるといって、桃の花から外に出た。私も一緒に、とお英がついてこようとする。それを断り、一太郎はひとりでよい、と進んでいく。

なにがあったのか、と栄次郎は大輔に目線を送るが、

「私はなにも聞いていません」

自分にはかかわりはない、といいたそうである。

桃の花を出た一太郎は、不忍池から池之端に向かっていた。右に見える水辺から、水鳥が羽音を立てながら飛び立って空に向かって飛んでいく。

――私も早く飛び立ちたい。いや、すでに飛び立っているのだから、そんな負

の気持ちを持ってはいかぬな。

　はっきりと跡継ぎとして認めてもらわねば、と焦る気持ちがときどき湧いてくるのだ。仁丸はまだ三歳である。そんな赤ん坊に負けてなるものか、という気持ちは消えない。

　相手は赤ん坊だからむきになるな、という家臣もなかにはいるが、問題は仁丸ではない。

　――お田鶴の方は、一筋縄《ひとすじなわ》ではいかぬ……。

　父親の宗久がお田鶴の方べったりなのも気になる。骨抜きにされてしまったとしたら、仁丸に軍配があがってしまうかもしれない。

　桃の花をうまく軌道に乗せることができたら、お田鶴の方もぎゃふんとなるであろう。そのためにも、桃の花は一太郎にとって重要な要素なのである。

　池之端から今戸橋を渡ったすぐを、右に曲がった。川辺に出る手前の長屋に入っていく。門には小さく、陰陽師《おんみょうじ》という名前が出ていた。以前、このあたりを物見遊山ついでに歩いたとき、見つけていたのである。

　呪詛返しを頼みたい、と申しこもうとなかに入ると、出てきたのは貧相な顔をした男だった。烏帽子《えぼし》をかぶっているが、それもぼろぼろである。

呪詛返しですか、と男は首を傾げる。

「最近、そんな物騒《ぶっそう》な祈禱《きとう》はしたことがありませんから、ほかをあたってくださ

い」

「物騒なのか」

「もちろん、そんなことをしてはいけません」

「しかし、狙われたままでは困るではないか。力のある者を知らぬか」

「……こちらに行ってみたらどうです」

紹介された場所は、東叡山寛永寺の近く、車坂下の今門慈尊《いまかどじそん》という陰陽師であった。

いわれたとおり訪ねてみるとこの男は虚仮威しの烏帽子などは被っていない。そのへんにいるような、なんの変哲もない男だった。

こんな男が呪詛返しなどできるのであろうか、と一太郎は不安になる。

「なにかお悩みかな」

「……悩みがあるから来た」

大輔みたいないいようになっている。

呪詛返しを頼みたいと申し出ると、慈尊は不可思議な話があるものだ、と答え

た。

「どういう意味であるか」

「つい先日、同じように呪詛返しを頼まれました」

「なんだと……」

「でもねぇ」

慈尊は腹を抱えるような仕草を見せる。

「そのかたは、誰にも呪詛などされていませんでしたよ。ただの考えすぎ、無知なる反応です」

もちろん、それがどこの誰かは教えてくれない。だが一太郎は腹で笑っている。お田鶴の方一派に違いないからであった。

「では、呪詛返しはしておらぬのか」

「してません。無駄ですから」

「ならば、私もやめた」

「そうしたほうがよろしいと思いますよ。信じないかもしれませんが、呪詛などつまらない。穴を呪わば穴二つですからね」

慈尊はそういって、また腹を抱えた。

——よしこれで桃の花に集中できる……。

一太郎は、意気揚々と湯島坂下へと戻っていった。

母親が十両くれた意味は、もう自分にはかかわるなといいたかったからだろう。親子の名乗りをあげるという感動を覚えたかった尚次としては、なんとも悲しいかぎりである。

六

大輔なら、尚次は甘く考えている、とでもいうかもしれない。

栄次郎とお英のふたりは、元八のお菜探しを手伝っていた。元八の話では、お菜が暇をもらったのは、道太郎が十歳になったときだという。それからはお菜は、小森屋とは縁が切れていた。

それでも道之助の首実検のときには、お菜の居場所がわかっていたのだろう。

知っていたのは、道之助だけかもしれない、

道之助に直接、お菜の居場所を聞いてしまおうか、とお英は考えたが、もしお菜が嘘をついているとしたら、道之助に命を狙われるかもしれない。死人に口な

してある。

「小森屋の周辺からあたってみましょうか」

栄次郎は、どうかなぁと思案する。

「やはり、私が直接、道之助をたぶらかしましょう」

「またそれか」

「それがいちばんだと思います。お菜さんの居場所は、どこから手をつけたらいいのか筋が見えません。それに元八さんの下っ引きが動いているはずです。それなら私たちは見えているところから手をつけたほうが、楽ではありませんか」

「大輔のようになってきたな」

「影響されたのかもしれませんね。いずれにしても私が行けば、道之助は会ってくれるでしょう」

「わかった、だがくれぐれも注意を怠《おこた》るな」

「もちろんです、でも、私など、どうなってもいいのですから」

「そんな馬鹿な言葉を使うものではない」

お英は素直に、はいと答えた。

店に行くと道之助はいない、と番頭らしき男からいわれた。山下の矢場《やば》に行っているとのことである。

「まったく優雅な人ですねぇ」

お英は呆れ果てる。

とにかく山下に行ってみよう、と栄次郎は歩きだした。

深川から半刻は歩くだろう。そんな場所まで遊びにいってるのか。ふたりは、うんざりする思いだった。

永代橋を渡らずに新大橋まで行き、そこから西に大川を渡った。柳原土手に出て新シ橋を過ぎ、三味線堀、広徳寺前を経て山下に着いた。

上野のお山を後ろに見ているから、山下。お山に続くだらだら坂を、大勢の若い男たちが肩を組んで談笑しながら歩いてくる。これから、蹴転《けころ》を買いにいくのだろう。

お英の足が止まった。どうしたという栄次郎の言葉に、息を呑んで、どうもしません、と答える。視線の先には、だらだら坂の男たちがいた。

身をすくめているお英を、栄次郎は見つめている。

矢場は、すぐ目についた。的吉《まとときち》という店名である。的に当たれば吉が来るという意味かもしれない。栄次郎は腕試しに遊んでみるか、といいながら、暖簾を掻き分けた。

左引《ひだりび》きの女たちが、嬌声《きょうせい》をあげている。矢は右半身になって引く。したがって女たちは、男と対面するように左向きになって弓を引く。そこから矢場の女たちは、左引きの女と呼ばれていた。

失敗して女に肩を叩かれたり、笑われている男たちが多いなかで、ひときわ人気のある男がいた。女たちから道之助さんと呼ばれていた。

右目に眼帯をしている姿を見て、政宗《まさむね》さまみたいではありませんか、とお英が驚いている。

「本当の顔がわからぬように、隠しているのではないか」

栄次郎が疑う。

「そんな理由もあるかもしれませんね」

偽の道之助なら、顔を隠す目的だとしてもおかしくはない。

「ますます怪《あや》しくなってきましたね」

そもそも、道之助が右目を怪我していたとは聞いていない。元八もそこまでは調べがついていないのだろう。では、お菜が道之助だと断言した要因は、どこにあったのか。

やはり買収されたのではないか、と栄次郎はいう。

「最初から眼帯をしていたのではないかもしれません」

「だとしたら、眼帯を使いはじめたのはいつからか。また、その理由は……」

謎は深まるだけである。

とにかく話しかけてみます、とお英は道之助と思われる男に近づいた。

「あら、道之助さんではありませんか」

親しげに横に立ち、にこやかに話しかけた。

「……え、あ、あぁ……」

「お忘れですか、お英ですよ。冷たいお人ですねぇ。お忘れになるとは」

矢場の女たちはお英の顔を見て、一歩引いた。道之助の前に座っていた女は立ちあがって、お英にどうぞと席を勧めた。

「あら、すみませんねぇ、お邪魔しちゃって」

お英は立ちあがった女の手に、すばやく小粒をつかませた。こうしておくと、あとで問題にならないだろう。女たちの嫉妬は怖いのだ。


お英は道之助を外に連れだした。

肩を丸めて素直についてくる雰囲気は、案に違《たが》えて女好きでも乱暴者でもなさそうである。偽者ゆえに慎重な態度を取っているのかと、お英は考える。

道之助はおどおどしながらついてくる。

――どうなっているのだ。聞いていた話とは違うではないか。

尾行する栄次郎は、心のうちでつぶやく。

それほど道之助の態度は弱々しい。相手を間違えたか……。

「お杉さんは、あなたのお内儀ですよね」

聞かれた道之助は、顔をしかめる。

「……お杉がどうかしましたか。迷惑をかけたなら謝ります。あぁ、その話をするために、知りあいのような態度を取ったのですね」

なにをいっているのだ、この男は。

まるで噂とは正反対の態度を取られて、お英は困惑している。栄次郎も耳を澄ましながら、首を傾げている。

「本当に、小森屋の道之助さんですよねぇ」

「はい、私は道之助です。なにか疑いでもあるのですか。後ろのかたは剣呑な様子ですが、町方とも思えません」

栄次郎が尾行していると、道之助は気がついていた。この油断のなさは、一筋縄ではいかないと示唆《しさ》している。甘く見たら足元をすくわれるかもしれない。

「では、お菜さんはいまどこにいるんです」

「お菜……懐かしい名前を聞きました」

「どこにいるんです。殺したんですか」

「まさか、どうして私がお菜を殺すのです。五年前、私を小森屋の息子だと認めてくれた唯一の人ですよ。いわば恩人です」

「では、いまどこにいるのか教えてくれても問題はないでしょう」

道之助は黙ってしまった。

「なにか不都合があるんですね」

「ありません、ありませんが、無理に認めたと誤解されるかもしれないと、あとで気がついたのです。ですから身をひそめてもらうように頼みました、悪いやつに狙われたりしたら困りますからね」

――この男は、なにを話しているの……。

いらいらが募《つの》るだけである。

「お杉さんは若いころに男の子を生んでいるのですが、知っていましたか」

「え……そうなのですか。知りませんでした」

本気で驚いているようであり、上の空のような雰囲気も感じる。道之助という男は、まるで鵺《ぬえ》のようだ。正体が見えてこないのである。この男が偽の道之助だとしたら、本当の素性はどこの誰なのか。

「ところで、その右目はどうしたのです」

「あぁ、これですか。ちょっと夫婦喧嘩をしましてね。引っかかれたので、傷が残りました。それを隠すためです」

眼帯を外して、どうぞ、とお英の前に顔を突きだした。

たしかに右目のまぶたから額にかけて、傷がついている。それも、引っかかれたような生易《なまやさ》しい傷ではない。どう見ても刃物傷だった。

「これは、お杉さんがやったということですか」

「傷をおおっぴらにはできませんからね。それにこれをつけていると、女たちが喜ぶのです」

女好きの片鱗《へんりん》がようやく見えた、と思ったが、道之助の笑いには覇気がない。

お杉は押しかけ女房だという。ただ気が強いだけではなく、刃物を使って傷つけるほどの凶暴さを持っているということか。

「その傷はいつ、ついたのです」

「さぁ、いつでしたかねぇ。はっきりとは覚えていませんが、お杉が押しかけてきたときだったような覚えがありますね」

「喧嘩の原因はなんだったのです」

「……忘れました。夫婦の間にはいろんなことが起きますから、いちいち喧嘩の原因など覚えていませんよ」

「道之助さんが浮気をしたからではありませんか。怒ったお杉さんが、包丁を持って切りつけたとか……」

「ははは、いいにくい話をさらっといいますねぇ」

――違う……。

お英はその返答に、異質な雰囲気を感じた。道之助の態度は、ほかに原因があったのだ、と告げている。

ふたりの間になにがあったのか……。考えてもわかるはずがない。

それにしても、道之助という男は女好きではなかったのか。お英に対して手を伸ばそうともしなければ、いやらしい言葉も投げかけてはこない。

栄次郎も、いつ道之助が牙を出すかと身構えているのだが、背中からは、女房がいながら他の女を家に連れこむような男の気配はまったくない。

あの噂は嘘だったのか。

お英も栄次郎も、不可思議な思いをさせられている。別人なら、矢場の女たちが道之助さんとは呼ばないだろう。

同姓同名とも思えず、不思議でならなかった。

七

「こうなったら、直接行動に移したほうが早いのではないか」

一太郎が叫んだ。

「話を聞いていると、なにがどうなっているのかさっぱりわからぬ。このままでは、どこまで真相に近づけるか。五里霧中《ごりむちゅう》である」

一太郎は、強行突破するといいだした。

そんなことをしたら、尚次さんが可哀想です、とお英は止めようとする。だが、大輔は例によって異なる意見である。

「それも一興《いっきょう》かもしれません。糸口が見えていません。こんなときは、思いきった行動が功を奏《そう》するものです。おそらく、六割三分は勝因があります」

「数字より、行動の内容が重要だ」

栄次郎は、早く解決するなら早いほうがよいというのだ。

「決闘を申しこむ」

一太郎は、道之助が悪党かどうかはどうでもいい、お杉さんが尚次の母親である事実は確認できている。道之助にも認めさせたらそれで終わりだ、という。

「尚次の母親が見つかった。それ以外は、どうでもよい」

「母親であると認めさせるために、決闘を申しこむのですか」

「もし道之助が悪党なら、裏には用心棒やら殺し屋がいるに違いない。そいつらをあぶりだして、小森屋の乗っ取りを阻止する。そうしたら、小森屋は尚次の手に渡る。それが正当な道筋であろう」

「たしかにそうかもしれませんねぇ」

元八には黙って決闘を申しこむ、と一太郎は宣言した。

「決闘の理由が必要です」

お英が一太郎を見た。

「おまえの悪事は明白だ、動かぬ証拠をこっちは握《にぎ》っている、と書けばよい」

大輔はうなずき、相手に考える暇《ひま》を与えぬほうがよい、と提案する。

その結果、決闘は翌日の暮六つと決めた。

誘いに乗ってくるかどうかは賭けである。来なければ、こちら側の考えすぎ。来たなら道之助は偽者、あるいは悪事を働いている……。

悪事といっても、目に見えているわけではない。

「道之助の出方で、いろいろはっきりします」

すぐ大輔が決闘状を書き記し、それを夜陰にまぎれて小森屋まで栄次郎が届けたのである。


翌日、暮六つ……。浅茅が原一本松の前。

四半刻前から、一太郎たちは敵を待ち伏せていた。

栄次郎は剣術家に戻り、大輔は六尺棒を抱え、お英は小太刀をつかんでいる。

そろそろ暮六つになろうとしていた。

だが、敵の姿は見えてこない。空には月が浮かんでいる。そこだけ見ると、のんびりした光景だが、待ち伏せをしている一太郎たちには敵の動きが読めず、のんびりどころではない。

暮六つから四半刻。さらにまた四半刻が過ぎた。それでも浅茅が原には、猫一匹の動きも見えなかった。

「これは、外れてしまったかな」

一太郎が落胆の声を出したそのとき、

「来ました……」

数人の影が、今戸のほうから歩いてくる。

「何人いる」

一太郎が人数を気にするのは勝利への数値でも気にしているのか。

「先頭に道之助、そのとなりには、お杉さんらしき人もいます。浪人がひとり。そして、宮二郎も来ています」

お英が答えた。道之助、宮二郎の顔は知っているが、お杉については誰も知らない。道之助は眼帯をしていない。凄惨な傷が、まぶたを覆《おお》っていた。

尚次がいればよかったか。一太郎がつぶやいた。

「戦う相手は浪人だけでしょうか」

お英が首を傾げると、大輔はさらに怪訝な目つきをしながら、

「どうもおかしい。浪人は少々剣術の心得がありそうです。でも、道之助には戦

う意志が見えない。女と宮二郎のふたりのほうから、敵意を感じます」

「大輔のいうとおりだ」

栄次郎も同調した。どうなっているのだ、と一太郎がつぶやく。

「道之助とお杉、そして宮二郎の間には、なにか特殊な関係ができあがっているような気がします」

大輔が一太郎の問いに応じた。

斬ればわかる、と栄次郎が突っこんでいった。

戦いは栄次郎にまかせろ、と一太郎がいおうとしたそのとき、

「なに……」

宮二郎が、栄次郎の前に立ったのである。長ドスを構えたその姿は、まさに喧嘩慣れした博徒かやくざ姿だった。

驚いたのは栄次郎である。相手になるのは浪人だとばかり思っていたのに、目の前に出てきたのは、別人だったからだ。

「どけ」

宮二郎の長ドスをくぐり抜け、後ろ手に撫で斬ると、剣先は宮二郎の脛《すね》を払っていた。おもむろに、栄次郎は浪人の前に立った。

大輔がお英に耳打ちをする。

「私は道之助に突っこみます。お英さんはお杉らしき女に向かってください」

「尚次さんの母親を斬るのですか」

「斬らなくてもいいのです。どれだけこちらを敵視しているのか、それを知りたい。この場に出てきたのは、決闘状が正鵠《せいこく》を射ていたからです」

「そうでしょうね」

「でも、どうも得心がいきません。お杉らしき女はどうして出てきたのか」

「旦那の道之助を守るためでしょう」

「しかし、噂によれば、あのふたりはほとんど夫婦の体《てい》をなしていません」

確かめてみましょう、とお英は答えた。

それでは、と大輔は道之助に向かった。六尺棒がぐるぐるとまわっている。道之助からは、大輔が近づいても戦う意志は感じられない。

その姿が真実なのかどうか、大輔は確かめるために、思いっきり道之助めがけて飛びついた。道之助は構える様子もない。逃げる様子もない。棒術の前で、立ちすくんでいる。

途中で手を止めるわけにはいかないと考えていると、道之助はいきなり背中を向けた。逃げるつもりかと思ったが、そうではなかった。その場に座りこんだのである。さっさと首を取れと叫んでいる武将に見えた。

大輔の六尺棒が、背中を打ち据えた。

道之助は前のめりに倒れた。後ろから引き起こそうと、大輔が襟首を引っ張った。背中が出た。その瞬間、

「こ、これは……しまった……私は間違っていた」

大輔が悲痛な声で、一太郎に向けて叫んだ。

「敵は道之助ではありません。道之助は本物です。偽者はお杉です」

一瞬、浅茅が原の時が止まった。

「くわしくはあとで説明します。栄次郎さん、その女を捕まえてください」

それはあっしの仕事ですぜ、と走りこんできたのは元八だった。一本松の後ろで、尚次がこちらをうかがっている。

「尚次さん、ここにいる女は、あんたが会ったお杉さんか」

そうです、と尚次は応じる。

「この女は、あんたの母親ではない。偽のお杉です」

「なんと……偽者は道之助ではなく、お杉だったのか」

叫んだ一太郎はもちろん、栄次郎もお英も元八も、そして尚次も驚愕の表情である。

大輔は、偽お杉の前に進んだ。

「本物のお杉さんはどこにいるのです……殺したのか……」

「ふん、見破ったその目を褒めてやろう」

お杉は懐剣を逆手につかみ、女とは思えぬ鋭い突きを何度も繰り返した。

「その三段突きで思いだしたぜ。てめぇ、莫連《ばくれん》のお琴《こと》だな。数年前に名を知られていた女だ。大店に女中や妻としてもぐりこんでは、店の身代《しんだい》を潰しまわっていた。近頃、とんと名前を聞かねぇと思っていたら、こんなところに隠れていたのかい」

元八は、大物を見つけたという顔つきである。

「ひょっとして、小森屋を皆殺しにしたのも、おまえの仕業か」

大輔が叫んだ。

「やかましい」

偽お杉は、ばれたらしかたがないと考えたのだろう、

「あんた、逃げるよ」

浪人に向けて声を飛ばした。浪人が本当の夫らしい。

そうはいくか、と栄次郎が浪人の前に立つと、剣先を前に突きだし飛びこんだ。

必殺の突きであった。浪人はのけぞりながら切っ先を外した。だが、体勢は崩れたままだ。

「逃がすものか」

叫んだ栄次郎の剣が、横に向けて一閃した。浪人はその場に倒れた。

「急所は外した。死にはせぬ。武士の情けと思え」

栄次郎の言葉が終わるかどうかという瞬間、尚次が一本杉の陰から匕首《あいくち》を抱えて飛びだしてきた。おっかさんの敵討ちだ、と叫んでいる。

それを一太郎が制した。

「やつらと同じ人殺しになる必要はない。仇はこれから討ってやる」

一太郎が前に進み出た。

「私たちは町方ではない。したがって捕縛はしない。殺しもしない。だが、人の気持ちを蔑《ないがし》ろにするような悪逆非道なやつは、こらしめる」

「大仰ないいかたはやめておくれ」

薄ら笑いを見せて、お琴は答えた。

一太郎は大輔に目を向け、代われ、といってから一歩引いた。

大輔に、お琴を追及しろという合図であった。

八

「小森屋を狙ったのは、なぜだ」

お琴は、そんな話に付き合う気はないと横を向いた。

「斬るぞ……」

栄次郎が、切っ先をお琴の目の前に突きだした。

「……江戸に来たら、小森屋には跡継ぎがいない、勘当になっていると知ったんだよ」

「それで入れ替わりを考えたのか。道之助に入れ替わるのは、宮二郎の予定だったのだな」

突き詰めたのは、大輔である。

「あんた、聡明だねぇ。いい詐欺師になれるよ」

「だけど、皆殺しにする必要はなかったはずだが……そうか、道之助を知ってる者たちを斬り捨てたのか」

「仲間にならないかい」

「だけど、本物が戻ってきた。困っているときに、お杉さんと出会ったのだな」

「あぁ、あの女はいい話を教えてくれたよ。道之助とは以前、恋仲だったとね。幸い、私たちはなんとなく顔が似ていた。これは入れ替われると喜んだよ」

「それで、お杉さんまで殺したのか」

「邪魔者はみな殺すのさ」

尚次が唸っている。

そこまで、と一太郎は叫んだ。

「もうよい、親分、さっさと捕縛せよ。もう腹立たしい話は聞きたくない。私たちは町方ではない。理由などどうでもよいのだ」

一太郎は元八に催促をする。

もう少し待ってください、と大輔は元八を見てから、

「道之助さん、あんたはお杉が別人だとは思わなかったのですか」

「すぐ気がつきましたよ。だから、喧嘩になってこんな傷がついたのです」

そういうことか、と大輔は納得する。

「だけど、命を取ると脅されたというわけですね」

はい、と道之助は答えた。

放蕩したのは、店の評判を落としたら、乗っ取りは不成功に終わるのではないかと考えたからであった。

「ちょっと待って。大輔さんは、どうして道之助さんが本物で、お杉は偽者だと気がついたのです」

聞いたのはお英である。みなの気持ちも、そこが不思議だという表情をしていた。

大輔は道之助に、背中を見せてくれと頼んだ。

わかりました、と道之助が背中を出した。

全員が、あっと叫んだ。

そこには、小さな楓のあざが認められたからであった。

「これが守り袋の真相です」

尚次は、ふらふらと道之助に近づいていく。

「おまえが私の息子……」

しかし、尚次は前に進めなかった。道之助の前でしゃがみこんで、おいおいと泣きじゃくりだす。

「おっかさんを訪ねてきたのにいなくなっていた。つらいだろう。苦しいだろう、泣きたいだろう。これから、ゆっくりと私を父親と認められるようになるまで、ふたりで生きていきませんか……」

親子が泣きじゃくっている間、元八はお琴に、十手をこれでもかというほど打ちつけていた。

莫連のお琴一味は捕縛された。

これで桃の花に集中だ、と一太郎はみなに活を入れようと店に行くと、

「おやぁ、栄次郎とお英はどこだ」

店にいたのは、珍しく大輔ひとりである。客も例によって元八ひとり。

「親分、その後、やつらはどうなった」

「あっしの手柄となりました。みなさんのおかげですから、家賃の目こぼし期間は早めないことにしましょう」

「……ありがたいと思っていいのかどうか」

「ついでに教えておきましょう。道之助を本物と認めたお菜は、上方にいました

よ。道之助がお杉一派に傷つけられたら困ると、金子を渡して大坂に逃げるように手を打っていたそうです」

「そうか……」

さらに、元八はいう。

「お杉さんが八街に行って、そこから戻った意味もわかりました。祖母のところに、文が残されていたそうです」

それには、自分も一緒に祖母のところで暮らそうと思ったが、街道である人の噂を聞いた。その人にどうしても会わなければいけないから、一度江戸に戻る。と記されていたという。

「ある人とは、戻ってきた道之助さんのことですね」

「尚次を自分の息子と認めてくれるかどうか、それを確かめたかったのではないか」

「道之助さんがすぐ息子と認めてくれるかどうか、お杉さんも自信がなかったとしたら、尚次さんを残して江戸に戻った気持ちもわかります」

お英はお杉に同情する。

「道之助とお杉は、どこで出会っていたのだ」

「道之助の話では、お杉は両国の料理屋で働いていたといいます。そのときに出会ったようです。でも、道之助は放浪癖があり、商売にはあまり熱心ではなかった。ふらりとお杉を残したまま旅に出てしまったと」

「そのとき、お杉さんは身籠っていたんですね」

「道之助は、知らずにいたと後悔していました。教えてくれたら離れることなどしなかったと」

「後悔先に立たずであるなぁ」

一太郎はなぜか感慨深い表情をするが、なんとなくぼんやりしている。

「あまり興味がなさそうですね」

「お田鶴の方は呪詛返しをやめたそうだ。そっちのほうが私にとっては、重要な話であるからのお」

「そういえば、親分はどうして浅茅が原に来れたんです」

「旦那たち……あっしがどんな商売をしているか忘れていませんか」

「下っ引きにでも見張らせていたのか」

「へへ、家賃を踏み倒されたら困りますからね」

「油断ならぬなぁ。やはり、鼻高の男は嫌いである」

一太郎の言葉に、元八は苦笑するしかない。

ところで、と一太郎は大輔を見て、本当に栄次郎とお英はどこに行ったのだ、と問うが、本当に私は知りません、と布巾を使う。

その動きまで数字に見えた。

「ここ数日、栄次郎さんの姿が見えなくなっていました。ひとりで、なにか工作をしているように見えました」

「なにをしておるのだ」

わかりません、と大輔も元八も首を振るだけである。


そのころ……。

栄次郎はお英を呼びだし、道灌山の奥へと進んでいた。

「どうしたんです、そんな深刻な顔をして」

「黙ってついてこい」

「今日の栄次郎さんは怖いですねぇ」

道灌山は山とは呼ばれているが、小高い丘である。夏になると虫聴きを楽しむための屋台や床店が出るのだが、そのような場所よりも、まだ奥へと栄次郎は進んでいく。

「目をつぶれ」

「……おかしなことはしないでくださいよ」

「馬鹿なこというな」

栄次郎はこっちだとお英の手を引いて、しばらく進むとようやく足を止めた。

「ここだ、まだ目は開くな。黙って聞いていろ」

「はい」

「おまえはときどき、自分をないがしろにする台詞を吐くときがある」

「………」

「それが気になっていた」

「栄次郎さんは優しいですね」

「泣くな」

「嬉し涙ですよ。私は子どものころから、ちやほやされていました。でも、心底から好かれているのではないと感じていました。みな顔のことばかりいって、本当の私を見てくれなかった」

「おまえは、おまえだ。よいか、仙台有数の大店、白藤の娘だ。なにがあってもその誇りを捨ててはいかん」

「はて……」

「目を開いてもよい」

「え……これは」

草むらのなかで、三匹の犬が転がっていた。見るからに病気にかかった野犬に見えた。

「おまえを襲った連中は、こいつらだ」

「え……」

「成敗しておいた。おまえの過去は消えたのだ。すべては夢幻だ、忘れろ」

「栄次郎さん……仙台からの文は……」

「よけいなことは考えるな。自分を捨てるな、おまえは汚れてなどおらぬ」

「…………」

「おまえは真っ白だ。胸を張って生きていけ。よいか」

「栄次郎さん……」

お英の顔は涙の海になっている。

「私は、私は……苦しかった。ときどき、そのときの出来事が悪夢のように襲ってきました」

栄次郎は黙って聞いている。

「ですから、ときとして投げやりになっていたのです」

「おまえには私がいる。若さまもいる。大輔もいる。ひとりではない」

もうお英には言葉がなかった。

「帰るぞ」

お英の顔は涙にまみれ、美貌は崩れ落ちている。

先を歩く栄次郎の背中は大きく、陽の光に包まれていた。

コスミック・時代文庫

居酒屋《いざかや》若《わか》さま 裁《さば》いて候《そうろう》

2024年6月25日 初版発行

【著 者】
聖《ひじり》 龍《りゅう》人《と》

【発行者】
佐藤広野

【発 行】
株式会社コスミック出版
〒154-0002 東京都世田谷区下馬6-15-4
代表 TEL.03(5432)7081
営業 TEL.03(5432)7084
FAX.03(5432)7088
編集 TEL.03(5432)7086
FAX.03(5432)7090

【ホームページ】
https://www.cosmicpub.com/

【振替口座】
00110-8-611382

【印刷/製本】
中央精版印刷株式会社

乱丁・落丁本は、小社へ直接お送り下さい。郵送料小社負担にて
お取り替え致します。定価はカバーに表示してあります。

ISBN978-4-7747-6566-2 C0193

COSMIC
時代文庫

氷月 葵 の最新シリーズ！

書下ろし長編時代小説

正と邪、二人の薬膳師
確執が生む非情の戦い

剣士の薬膳
世嗣暗殺

御家人の身分を失い、剣の道のかたわら、医術を目指すことを決意した清河涼安。彼が修業のため始めた養生食は評判を呼び、大名の御膳を任されるようになった。だが涼安は、大名屋敷の奥で蠢く邪な思惑に気づく。幼い世嗣の命を狙う、もう一人の薬膳師とは？　正と邪の薬膳師、二人の確執が非情の戦いを生む！

絶賛発売中！

お問い合わせはコスミック出版販売部へ！
TEL 03(5432)7084
http://www.cosmicpub.com/